Une toile large comme le monde

DU MÊME AUTEUR

Chroniques de l'Occident nomade, Éditions Zoé, 2011, prix Nicolas-Bouvier 2011.

Les Neiges de Damas, Éditions Zoé, 2015.

AUDE SEIGNE

Une toile large comme le monde

ROMAN

J'AI LU

L'auteure remercie de son soutien à l'écriture l'Office fédéral de la culture, ainsi que la fondation Jan Michalski qui lui a permis de bénéficier d'une résidence d'écriture d'un mois.

Les Éditions Zoé bénéficient du soutien de la République et Canton de Genève, et de l'office fédéral de la culture.

Première partie

Janvier

1.

Il est allongé au fond de l'océan. Il est immobile, longiligne et tubulaire, gris ou peut-être noir, dans l'obscurité on ne sait pas très bien. Il ressemble à ce qui se trouve dans nos salons, derrière nos plinthes, entre le mur et la lampe, entre la prise de courant et celle de l'ordinateur : un vulgaire câble.

Appelons-le FLIN.

Au fond de l'océan, on dirait qu'il neige, comme lorsque l'écran se brouillait sur les anciens téléviseurs cathodiques. C'est poétique, et organique : des cadavres de poissons émiettés, des détritus du monde entier pulvérisés qui tombent depuis la surface. Dans le noir absolu des fonds océaniques, ce sont des flocons gracieux qui mettent six mois à atteindre le câble, mais ne le recouvrent pas, ne créent pas de duvet, l'analogie avec la neige s'arrête là.

Tout a commencé avec un bathyscaphe. Ce sous-marin spécialisé dans les grandes profondeurs devait traverser l'Atlantique, trouver un trajet idéal pour FLIN, pour que son long corps – 7 000 kilomètres tout de même – puisse s'étendre des plages bretonnes aux côtes américaines, pour que ne survienne devant lui aucun obstacle, aucun canyon abyssal ou volcan sous-marin. La dorsale océanique, sorte de colonne vertébrale traversant l'Atlantique du nord au sud et marquant la liaison des deux plaques continentales, devait, elle, être franchie, c'était une nécessité logique. FLIN se ferait discret, si profond, si fin, si calme, mais unirait ce qui était disjoint : deux continents séparés par un océan.

Autour de FLIN évoluent des créatures qu'on ne verrait que dans un documentaire. La neige marine vient nourrir des arthropodes, fétus de pattes dégoûtants qui côtoient des crabes araignées d'un mètre et des poux marins géants, affairés sur le cadavre d'un cachalot. Le cadavre d'un cachalot, ça n'existe presque pas, tant il est difficile d'envisager la mort d'un animal aussi volumineux. Celui-ci mettra des mois à se décomposer, prendra encore longtemps part à cet écosystème des ombres, forçant les baudroies et les anguilles à le contourner. Grâce à un vampire des enfers

– pieuvre rouge si diabolique qu'on dirait un méchant chez Walt Disney – la scène est illuminée, éclairée du bout des tentacules par des bactéries bioluminescentes, halo de lumière blanche dans l'eau noire à 3 000 mètres de fond.

Pendant des décennies, les cachalots étaient victimes des ancêtres de FLIN, les premiers câbles transatlantiques qui reliaient l'Europe à l'Amérique. Était-ce la faute des câbles de l'époque, moins solides, moins bien arrimés sur le plancher océanique, les cachalots les prenaient-ils pour des algues ou des jouets ? Toujours est-il qu'ils s'y étranglaient, et mettaient ainsi fin à leur fabuleuse espérance de vie, comme quoi l'adage « les petites bêtes ne mangent pas les grosses » s'avère complètement faux.

Le bathyscaphe avait pour mission de délimiter une zone de 100 mètres de large, sans obstacle, d'un bout à l'autre de l'Atlantique. Un couloir qu'il faudrait ensuite viser, en affrétant un navire-câblier, qui traverserait l'océan à l'allure d'un escargot, déroulant FLIN derrière lui. FLIN était mis à l'eau, jeté comme une ancre ou un sac de nœuds. Oui, FLIN allait s'ancrer au fond de l'océan, y emportant toute l'humanité avec lui. Il fallait plusieurs heures pour qu'un segment de câble atteigne le fond, ça coulait lentement, très lentement dans les 3 000 mètres d'épaisseur d'eau, de courants et d'animaux marins. Il a dû en voir des choses, FLIN.

J'aimerais vous dire qu'il ne le sait pas, FLIN, comment ça fonctionne, et qu'il n'y est pour rien, de toute l'histoire qui s'apprête à commencer. Mais ce n'est pas vrai. Car si on prenait FLIN en coupe, si on le sciait dans la largeur de ses quelques centimètres, on verrait qu'il a toutes les informations en lui, qu'il est fait de différentes couches destinées à protéger son précieux centre. Il y aurait, de l'extérieur vers l'intérieur, du polyéthylène, du PET, de l'acier, de l'aluminium, du plastique résistant aux chocs comme aux températures, du cuivre. Il y aurait enfin, au centre, des fibres optiques, pulsations de lumières invisibles à l'œil humain permettant de transporter, chaque seconde sous l'océan, 145 millions de mails.

Les requins sont attirés par ce flux de données, cette effervescence aveugle qui a lieu loin de ses responsables. Ici c'est un jeune requin-crocodile qui s'approche de FLIN. Son corps fuselé serpente sur le sol comme s'il essayait d'en imiter la forme, le renifle, il sent bien que la bête n'est pas d'ici. Son nez pointu ricoche contre la couche extérieure, il essaie avec les dents, referme sa mâchoire autour du câble qui demeure impassible. Surpris par la rigidité de l'objet, les yeux noirs du requin se révulsent brièvement, il retente une timide morsure pour vérifier. Il s'éloigne en sillonnant le sable. FLIN est parfaitement intact.

Dans quelques heures, le soleil se couchera sur cette partie de l'Atlantique. Le plancton se dirigera vers la surface, fuyant les ténèbres. Les créatures des profondeurs le suivront, puisqu'elles vont où va la nourriture, croisant le dangereux poisson-voilier et l'étrange poisson-lune, le solide nautile et le gélatineux blobfish. FLIN, lui, restera immobile, transportant loin des regards fichiers, mails, images, vidéos, et tout ce qui utilise de près ou de loin le *World Wide Web*.

2.

La sonnerie métallique du réveil retentit dans l'obscurité. Il lui faut quelques secondes pour savoir où elle est. Elle tend le bras dans la pénombre tiède, atteint l'angle exact de la table de nuit où se trouve le téléphone, glisse son doigt sur l'écran pour faire cesser l'effroyable bruit.

Les yeux à peine ouverts, elle marche vers la machine à café, en soulève la petite excroissance chromée qui fait office d'interrupteur. Ce bruit-là n'est pas numérique, c'est un bruit d'objet réel, un bruit de quelque chose qui bouge, ça s'est enclenché, ça chauffe à l'intérieur, elle ne sait pas trop comment ça marche. Ce qu'elle sait, c'est qu'il y a tout de même un câble, dans la machine, et un autre qu'il faut brancher sur le secteur. Quand elle retourne dans la chambre et lève le store – douleur mécanique des muscles encore endormis –, des nuages gonflés de pluie apparaissent. Elle s'en contente. Comme elle travaille depuis la maison, elle préfère que le ciel l'y encourage.

Elle revient à la cuisine, presse un citron qu'elle additionne d'eau tiède, plonge une pastille de vitamines effervescente dans un verre d'eau, fait couler le café noir, bien serré, dans une tasse à expresso. Elle dispose les trois récipients sur un petit plateau qu'elle emporte dans la chambre. Elle se remet au lit, dos calé par les coussins, couverture remontée sur les jambes. La dernière pièce de la composition est l'ordinateur portable qu'elle attrape sur sa table de nuit et déploie devant elle.

Ce matin, Matteo n'est pas là pour se moquer gentiment de ses habitudes, mais elle en sourit elle-même, imaginant leurs débats dans la cuisine. « Je ne vois toujours pas comment le jus de citron, qui est tellement acide, peut être bon pour la digestion. » Elle répondrait que c'est bon pour plein de choses, mais elle ne saurait plus quoi exactement. Et quand elle demanderait un cinquième café, plus tard dans la journée, Matteo soupirerait. Ce petit plateau, ses trois récipients, sont le reflet de ses contradictions.

Sur le site qu'elle ouvre sur l'ordinateur, elle saisit le numéro de vol de Matteo. Une carte du monde apparaît, recouverte d'icônes en forme d'avions qui lui font chaque fois penser à des insectes. L'agglutinement sur certaines zones – l'Europe, les États-Unis, les liaisons atlantiques – est spectaculaire. Elle observe le ballet des vols quotidiens et leurs mouvements microscopiques sur la carte, par à-coups de pixels en temps réel. Elle se déplace ensuite vers l'icône rouge, celle qui représente l'avion de Matteo et dont le tracé depuis Zurich est indiqué par un dégradé arc-en-ciel en fonction de l'altitude. Matteo est là, dans ce Boeing 777 à destination de Singapour, à 11 887 mètres au-dessus de l'Inde.

Elle consulte ses mails, les réseaux sociaux, la presse en ligne. Sur Pinterest, elle fait défiler des images : un canapé moutarde devant une tapisserie au motif végétal, une minuscule maison écologique et des objets à fabriquer soi-même. C'est un univers doux qui l'absorbe, y règne une forme de beauté et d'éloge du pur souhait, du pur désir, de la perte de temps. Sur un blog « Lifestyle », elle retient un rire en cliquant sur l'article « Ce que votre lobe d'oreille dit de votre rapport au monde ». Elle l'enregistre sur son ordinateur, dans un dossier qui change de nom au fil des années : Inclassable, Divers, Absurde.

Dans la colonne de droite d'un média en ligne, une publicité pour une compagnie d'assurance la surprend. C'est écrit « Chez nous, votre conseiller a un nom et un prénom » et l'encadré coloré, clignotant, retient son attention un instant. Le bruit de la rue par la fenêtre entrouverte, les gens qu'elle imagine serrés dans le bus pour se rendre au travail, la multiplication mondiale de ces automatismes de normalisation de la vie, tout cela soudain l'étouffe comme si elle se trouvait elle aussi dans le bus. Elle se demande qui a inventé ce slogan. Elle se demande comment s'appelle la caissière du supermarché, à 100 mètres de chez elle, où elle se rend tous les jours. Elle se répète la phrase : « Comment pourrais-je ne pas connaître son nom et son prénom ? Comment pourrais-je ne pas connaître son nom et son prénom ? Comment pourrais-je ne pas connaître son nom et son prénom ? » Elle se demande comment elle, ils, on en est arrivés là. Elle revient à l'écran paradoxalement rassurant des nouvelles matinales : conflits en mer de Chine, touriste mort en prenant un selfie.

Sur un forum dédié aux nouveautés en matière de technologies du Web, elle retrouve notre requin. Bien sûr ce n'est pas exactement lui, c'est une sorte de requin générique, l'immense et vilaine espèce des requins, tous mis dans le même sac. On le voit s'approcher d'un câble étendu dans l'eau cristalline. Au-dessus de la vidéo, le titre de l'article exploite adroitement le marketing des slogans accrocheurs : « Quand les requins piratent Internet ». Elle clique. Elle se demande si le lien est sponsorisé. Ça l'embêterait d'avoir fait gagner de l'argent à un annonceur en cliquant sur ce titre facile, qui attise cependant sa curiosité.

L'article explique que les requins, en particulier les requins de type pélagique, peuvent causer des dommages aux câbles transocéaniques qui véhiculent les télécommunications. À la fin des années 1980, lors de l'installation des premiers câbles à fibre optique, ils ont même été responsables d'une série de pannes autour des îles Canaries. La presse de l'époque s'en était donné à cœur joie : « Les dents de la mer au service du chaos ». « Les îles coupées du reste du monde ». « Le requin et le canari ». Aujourd'hui la conférence de presse d'un CEO californien explique « qu'il faut faire quelque chose au sujet des requins ». Un journaliste qui a vérifié ses sources réplique : « N'est-ce pas négligeable ? On parle d'une attaque de requin par année, c'est moins que les câbles tranchés par les activités humaines, la pêche, les ancres. » Des chercheurs apportent leur éclairage : « Ce sont sans doute les ondes électromagnétiques émanant de la fibre optique qui les excitent. » Elle allume enfin son téléphone portable – beaucoup de choses qu'elle allume, chaque matin, beaucoup de touches pressées et de doigts glissés, beaucoup de reflets de pixels lumineux dans les yeux – et se prépare pour travailler.

C'est une de ces journées de transition. Matteo vient de partir pour un mois, la laissant seule à cette vie décousue qu'elle aime étrangement, cette solitude active, cette mélancolie assumée. Avec le temps, elle a compris que son mode de vie posait des questions à son entourage. Sa grand-mère qui s'étonne que, mariés, bientôt trentenaires, elle et Matteo n'aient pas d'enfants, qui en attribue la cause au fait que « Matteo voyage tout le temps ». Ses amies lui demandent comment elle fait pour travailler depuis chez elle. « Moi, si je travaillais à la maison, j'arriverais pas à me motiver ! » La conversation tourne ensuite à la présence de collègues, de délais, de tout ce qui constitue « le cadre de travail ». Elle aimerait leur dire qu'elle est son propre cadre, et que c'est un soulagement d'éviter les collègues, l'open space, le rituel social autour de la machine à café. Mais elle pressent que cette réponse passerait pour prétentieuse. Elle se retient aussi de préciser qu'avec sa timidité et son physique de manga – d'origine sud-coréenne, adoptée à l'âge de trois ans –, ses collègues finissent toujours par la considérer comme le stéréotype de l'informaticienne surdouée.

Ce qu'elle aime dans la programmation, c'est décomposer la pensée. On dirait qu'il s'agit d'une métaphore, mais c'est à prendre au sens propre. Elle se rappelle les premiers exemples donnés par les instructeurs quand elle suivait des cours en ligne pour devenir développeuse Web. Il y avait celui du bouton « Connexion », qu'on voit un peu partout, sur lequel on clique après avoir saisi un nom d'utilisateur et un mot de passe. Il fallait décortiquer mentalement ce qui se passait :

il y a quelque chose d'affiché sur l'écran
ce quelque chose est un bouton doté de propriétés
    forme, couleur, texte
        ce texte aussi a des propriétés
            lesquelles ?
    le fait d'être cliquable
        et d'engendrer, à partir du clic, d'autres actions

Il fallait ensuite concrétiser chacune de ces pensées grâce à un nombre réduit de commandes. Contrairement aux langues parlées, le langage informatique ne tolérait aucun bégaiement, aucune approximation. Si une seule parenthèse sur des milliers de lignes manquait, le programme ne fonctionnait pas. Si le langage ne permettait pas de faire une action, c'est qu'il fallait la décomposer en actions plus petites, encore et encore. Elle aime ce travail : chercher les unités minimales de sens, ces formes imperceptibles de l'esprit au moment où elles s'ébauchent mais avant qu'elles ne se formulent. Elle développe désormais des sites entiers – comme une divinité concevrait des univers –, mais la programmation l'oblige toujours à visiter les plus infimes canalisations de la pensée, les veines du monde, leur système nerveux.

Elle enfile son casque audio. Le *Concerto n° 3* de Rachmaninov retentit, emplissant l'espace entre la mousse et ses oreilles pour l'isoler du monde. Pour la programmation, toutes les musiques ne conviennent pas, en particulier les chansons à texte ou celles qui sont trop mélodiques. Une symphonie classique, des mantras gutturaux ou du métal halluciné hurlant avec une certaine constance, c'est ce qu'elle privilégie pour se couler dans la répétition inflexible des boucles et des conditionnelles.

Elle code depuis deux heures lorsqu'une nouvelle alarme, sur son téléphone, lui indique de se connecter à Skype. La sortie de transe est brutale, elle passe d'un vocabulaire informatique rigoureux à des êtres vivants, exprimant leurs intentions par une complexe superposition de signaux et dans un brouhaha où elle ne se trouve pas. Son supérieur direct obtient le silence puis se tourne vers l'écran pour la saluer : « Bonjour Pénélope ! » À côté de lui se tient une femme en tailleur gris, une représentante des ressources humaines que Pénélope n'a plus vue depuis son entretien d'embauche il y a quelques années.

3.

À Portland, Oregon, l'architecture résidentielle est faite de maisons en bois colorées, entourées de perrons végétalisés. Les câbles Internet, frères ou cousins de FLIN, sont enterrés dans le bitume des routes et des trottoirs, émergent parfois pour s'étirer le long d'une façade ou entre deux poteaux télégraphiques. Si j'habitais là, je ferais volontiers comme June. J'enfilerais un jeans et un gros pull en laine, je poserais mon ordinateur dans la véranda, je descendrais les marches qui mènent au jardin. Je jetterais un œil aux plantes dans la lumière pâle de l'hiver tout en formulant un mail dans ma tête. Oui, un mail, mais les pieds dans l'herbe et le soleil sur les avant-bras. Je ne penserais pas que les câbles passent sous mes pieds et transportent les informations autour de la planète en un cinquième de seconde, je ne penserais pas que le chemin qui nécessite le plus de temps, c'est celui qui va de mon esprit à la transcription du mail. Je prendrais un café avec June dans la véranda, au moment où d'autres le prennent debout devant la machine à café de leur employeur. On s'entendrait bien.

June conçoit le matin, réalise l'après-midi. En 24 heures son cerveau fait le tour de la chaîne du travail, ce qui n'est déjà pas si mal et qu'on ne comparera donc pas à ce que fait Internet dans le même temps. Le matin, elle lit les blogs qui nourrissent ses idées, répond à ses clients, gère sa facturation, sa communication et ses commandes. À midi, elle cherche des restes dans le frigo, les dévore au salon, installée devant une série TV – *New Girl* est le format parfait, 20 minutes, pas de cliffhanger et une vague ressemblance avec sa vie à elle, plusieurs hommes et une femme, mais la série est moins sexuée, plus édulcorée. Du matin au début de l'après-midi, elle économise ses forces pour la suite de la journée, pour l'effort de création qui arrive. Elle rejoint parfois Oliver dans son café-librairie, pour le dessert, ou Evan devant son bureau, pour le café, lui qui aime comme elle le prendre au soleil, même si ce sont deux mètres carrés de lumière sur le bitume d'un parking glacé.

Elle appelle son atelier le bunker, parce qu'elle s'y enferme tout l'après-midi, comme le président des États-Unis en cas de crise, avec le pouvoir d'agir sur l'extérieur, sur la vie des autres. Elle fabrique des cosmétiques à partir de produits naturels et compréhensibles, de plantes, de champignons et de minéraux, manière à elle de transsubstantier le monde dans son coin. Elle aime se rappeler qu'elle ne fait que choisir les éléments et les soumettre aux lois physiques de la matière, qu'elle est passeuse et exécutrice, qu'elle guide la transformation du réel. Elle enfile ses gants en latex et sa blouse de chimiste, ajuste son masque, ses lunettes et sa charlotte, désinfecte le plan de travail et le matériel. La blouse est équipée d'un élastique sur chacun des poignets, qui est censé se refermer sur les gants afin qu'aucune portion de peau ne soit exposée. En réalité, il lui arrive souvent de remonter les manches parce qu'elle décide d'appliquer le surplus de sa préparation – le fond d'un bol, le dos d'une cuillère – directement sur sa peau, de s'imprégner déjà de ce qu'elle promet à autrui, de diriger la matière vers une nouvelle étape.

Aujourd'hui, elle confectionne un gel douche. Elle prévoit d'en fabriquer un gallon, qu'elle répartira en 8 bouteilles de 16 onces. Elle ferait volontiers le double, mais au-delà d'un gallon, la casserole devient trop lourde à porter et il lui faudrait demander de l'aide, alors qu'elle aime travailler seule. Elle commence par remplir une grande casserole d'eau, la pose sur la plaque pour un bain-marie. Dans une seconde casserole, elle vide une bouteille d'un demi-gallon d'eau filtrée, ajoute encore 3,5 onces mesurées au bécher gradué. Elle attrape ensuite la poudre de carraghénane, dérivée d'algues rouges aux propriétés gélifiantes qu'a peut-être croisées FLIN dans ses pérégrinations subaquatiques. Il lui en faut une once et demie. C'est exactement le contenu d'une boîte, qu'elle tamise entièrement dans le récipient d'eau. La poudre se dissout lentement. June aide un peu avec le fouet, contemple les grumeaux qui tournoient et rapetissent au point de se confondre avec le reflet de la lumière. Lorsque le liquide devient homogène, June ôte la casserole du bain-marie, en égoutte le fond sur un linge épais, la dépose sur le plan de travail. Elle y ajoute progressivement le reste des ingrédients, mesurés préalablement dans des contenants séparés : 7 onces d'urée pour hydrater, un quart de gallon de sodium lauroyl sarcosinate issu de l'huile de coco pour nettoyer en douceur, 2 cuillères à café d'acide lactique pour corriger le pH, 4,4 onces de filtrat de radis fermenté pour conserver le mélange en tout cas six mois.

Au fil des ajouts, le produit s'est épaissi, opacifié et gélifié. Elle en retire chaque fois une étrange satisfaction, vérifiant l'impact de chaque ingrédient sur la préparation de base, comme une confirmation de la perméabilité du monde. Les substances qui existaient séparément il y a encore une heure n'en forment plus qu'une. Il y a encore une heure, elles étaient poudres ou liquides, acides ou basiques, parfois toxiques en raison de leur concentration, parfois inutilisables isolément. Elles forment désormais un gel épais qui touchera des corps étrangers, pénétrera les pores de peaux inconnues, continuera sa métamorphose chez d'autres êtres vivants.

Parfois, à force de se pencher sur des casseroles et d'y surveiller la transformation des matières, June a mal au dos. À la base de sa nuque, le muscle trapèze se raidit, provoquant une crispation jusqu'à l'omoplate. Elle y est attentive et roule alors les épaules vers l'arrière, s'étire, lève le regard vers le plafond dans un signe d'abandon. C'est un mouvement qui lui donne envie de chanter, ou plutôt de lancer sa voix dans l'espace, de couvrir le faible bruit de l'ébullition par la seule existence de son corps. Au début de sa relation avec Oliver, il arrivait qu'il la surprenne dans ces instants. June s'interrompait alors au cours d'une chanson, se demandant si elle devait être gênée. L'accès à la légèreté leur manquait, jusqu'à ce qu'ils rencontrent Evan, qui avait fait d'eux un trouple plutôt qu'un couple. Désormais, quand ils la surprenaient, Evan comme Oliver la rejoignaient, entonnant des chœurs en arrière-plan.

Aujourd'hui elle termine l'étiquetage des gels douche lorsque Evan ouvre la porte. Il descend les marches en bois alignées contre le mur pendant qu'elle dispose les bouteilles dans le frigo. L'escalier grince, le frigo émet un vrombissement de réacteur. Evan prononce un long « Hey », s'approche de June, lui enlève son masque et sa charlotte dont s'échappent des cheveux châtains tout électriques. Il passe ses mains derrière sa nuque, caresse les petites mèches tout à coup libérées et embrasse June sur les lèvres avant de dire : « Comment était ta journée ? » Elle reste muette d'abord, le fixant droit dans les yeux. Elle sourit légèrement, elle aime laisser le silence se remplir de sens, laisser s'épaissir l'instant comme un mélange. Souvent Evan cède : « Quoi, qu'est-ce qu'il y a ? » Ils se sourient, complices, et laissent encore un peu durer l'attente.

June entreprend enfin de ranger l'atelier tout en discutant avec Evan.

— Rien à signaler. J'ai fait le gel douche que tu aimes bien. Et toi ?

— Un peu étrange. Nos serveurs ont été piratés, on ne sait pas par qui ni pourquoi. Et comme j'ai toujours mon bureau à l'étage des informaticiens, tout le monde pense que j'y comprends quelque chose.

— Ils ont toujours pas enregistré que tu t'occupes des réseaux sociaux ? Tu bosses quand même là-bas depuis – quoi – trois ans ?

— Oui, mais c'est toujours la même chose dans ces grosses boîtes, personne ne sait qui fait quoi. Pour les autres services, un développeur Web, un community manager et un gars de la sécurité informatique, c'est la même chose.

Il soupire, l'air abattu. June reconnaît l'attitude d'Evan quand il manque de confiance en lui et elle cherche son regard, l'incitant à continuer d'une voix exagérément curieuse.

— Et vous l'avez annoncé publiquement, le piratage ?

— On a bien été obligés. Il y a des clients qui ne pouvaient plus accéder à leur compte et qui s'excitaient sur Twitter, j'ai dû gérer la crise. Et comme ça tombe en même temps que notre campagne…

— … « Votre conseiller a un nom et un prénom »…

— … Oui !… Ç'aurait été très mal vu de ne pas réagir immédiatement. Tout à coup mon boulot est important, tu vois, « appelons le community manager à la rescousse pour qu'il communique correctement ».

— Mais vous avez pu rétablir la situation ?

— Plus ou moins. Les comptes sont de nouveau accessibles, les choses roulent… Mais on ne sait pas ce qui a été dérobé exactement, ni ce que les hackers vont en faire. D'ailleurs, la direction veut que je parte en Californie le mois prochain, la semaine du 4 février, avec tout le service informatique. Rencontrer la boîte qui s'occupe de nos serveurs, faire un tour complet des installations.

— La semaine du 4 ! C'est la semaine où je suis à New York. Olie va être seul toute la semaine !

Evan fait une courte pause, imaginant Oliver seul dans cet appartement déserté.

— Il aura sûrement lu 50 livres d'ici qu'on rentre !

4.

Même au Danemark, au pays des éoliennes, du design et des Lego, les grands hôtels qui proposent des salles de séminaires pour entreprises sont souvent d'une tristesse identique : moquette beige, tables pliantes, lumière uniforme. Birgit le sait, et elle en vient à apprécier chaque nuance : un tapis à motif, une lampe antique sur le bureau de la conférencière, l'efficacité du technicien qui dispose du câble adapté pour relier son ordinateur au beamer et lui propose spontanément le mot de passe du wifi. Elle n'a pas mis le pied chez elle depuis des mois. Même ce soir, à quelques dizaines de kilomètres de sa ville natale, elle dormira à l'hôtel.

Quand elle appuie sur la touche fléchée de la télécommande, l'avant-dernière diapositive de son PowerPoint apparaît. La police est sobre – Helvetica –, la couleur d'arrière-plan entre le vert tendre et l'aigue-marine

– ce qui se nomme probablement « Vert 1 » sur son ordinateur. Dans l'angle supérieur gauche de l'écran, le logo de sa fondation, Green Web, ne lui laissait pas tellement le choix. Elle se rappelle en avoir discuté avec sa conseillère en communication. Est-ce que ce vert pâle n'était pas redondant ? Est-ce qu'il ne donnerait pas, projeté pendant des heures dans ces immenses salles glauques, une impression déprimante, cadavérique, zombiesque ? La conseillère était formelle :

1. Toutes les études de psychologie de la couleur démontrent que le vert apaise.
2. Quand on parle d'écologie, le vert reste la référence.
3. Puisqu'on parlait d'écologie du Web – concept que la fondation avait déjà de la peine à faire passer –, mieux valait ne pas s'éloigner des codes en la matière.
4. En vert, en rose, en n'importe quelle circonstance, Birgit était de toute façon extrêmement belle.

Birgit dévisage son public. Au premier rang, deux messieurs en costumes gris et bleu marine portent des cravates soyeuses d'une même teinte ocre. Depuis quelques minutes, ils ont adopté des postures similaires : bassin en avant, dos affaissé sur la chaise, nuque courbée, mâchoire décalée et dubitative. Ils ne bâillent pas, mais Birgit reconnaît les signes. Elle sait par expérience que déjà ses mots s'estompent, remplacés par des désirs d'apéro ou de repas en famille. Elle doit anticiper l'ennui, alors elle tend le bras vers la diapositive projetée sur l'écran derrière elle et fait un pas en avant pour conclure.

— Je sais ce que vous vous dites. Vous vous dites : « OK, je n'avais jamais envisagé les choses sous cet angle, mais qu'est-ce qu'on peut faire ? Que va m'apporter cette présentation dans mon travail de tous les jours ? Est-ce que je devrai donner de nouvelles directives à mon équipe ? »

Elle laisse planer deux secondes de silence. Ses mots ont provoqué quelques redressements sur les sièges sans qu'il soit possible de savoir s'ils sont causés par l'impatience ou par un regain d'intérêt. Elle continue.

— S'il n'y avait qu'un chiffre à retenir, ce serait celui-ci : selon le site Consoglobe, une heure d'échange de mails dans le monde consomme autant d'énergie que 4 000 allers-retours Paris-New York en avion. Je vous laisse faire le calcul pour une journée ou une semaine, et je n'ai pas besoin de vous dire qu'il y a beaucoup plus de mails que d'avions qui traversent l'Atlantique. Alors que peut-on faire ? On ne va pas arrêter d'écrire des mails ? Non, mais on peut penser différemment les situations que nous vivons tous les jours. A-t-on vraiment besoin de mettre toute sa hiérarchie en copie ? D'envoyer un mail de cinq mots à la personne qui est en face de soi pour dire « Pause-café dans 10 minutes » ? D'avoir quatre logos en pièce jointe dans sa signature électronique ? Selon le même site, un mail avec une pièce jointe, c'est une ampoule basse consommation allumée pendant une heure.

Un mélange de fatigue et de colère la force à prendre une dernière pause et à reprendre son souffle.

— Je me laisse emporter, on dirait. Ce que je veux dire, c'est qu'il existe des solutions simples pour utiliser Internet de manière responsable. Et elles sont faciles à mettre en place. Commencez par les mails, et je vous donnerai d'autres idées pour la suite si ça vous intéresse. Je vous remercie de votre attention.

En sortant de la salle, la lumière blafarde des plafonniers fait place à la blancheur naturelle de l'hiver danois, qui pénètre horizontalement l'hôtel par une grande baie vitrée. L'éclairage est complété par de petites lampes jaunes qui décorent le hall, où se trouve aussi le bar, dans l'angle du bâtiment.

Birgit aime cette saison dans son pays, ces fragmentations roses et orangées qui imitent l'aube et se reflètent sur la mer sombre, avant que la lumière ne redisparaisse pendant dix-sept heures. Son pays, elle n'y est pas souvent, mais elle songe que ces hôtels pour réunions professionnelles sont bien faits, qu'on prend soin d'eux. Ce bar douillet derrière la baie vitrée, c'est une récompense : alcool et panorama exceptionnel.

Elle grimpe sur un haut tabouret cuivré, pose la main sur le comptoir en bois ancien. Elle trouve toujours ça rassurant, le bois. Elle détaille les bouteilles de whisky étagées sur leur présentoir, opte pour un Laphroaig 14 ans d'âge. Le barman le lui sert dans une tulipe en cristal et dépose en accompagnement une coupelle en deux parties, cacahuètes d'un côté, olives vertes de l'autre. Birgit soupire bruyamment. Elle sent le tissu de son chemisier serrer les contours de sa poitrine, sa jupe entourer ses cuisses comme un fuseau. Elle porte le verre de whisky à son nez et en hume le contenu en songeant qu'elle se réjouit d'enlever ses vêtements.

L'homme qui s'assied à ses côtés est circonspect, moins enjôleur que ceux qui, après ce genre de conférence, en profitent pour l'aborder. Il commence à parler sans même la regarder : « Je crois que vous ne plaisez pas à tout le monde. » C'est une entrée en matière qui la surprend, ce qu'elle apprécie. Elle fait pivoter le tabouret pour se tourner vers son interlocuteur et pose un coude sur le bar, le forçant à la regarder, avant de prendre la parole.

— J'ai l'habitude de plaire. Mais je vois ce que vous voulez dire.

— Vos propos, le travail de votre ONG… Vous dites ça à tout le monde ? Pourquoi les entreprises acceptent-elles de vous recevoir ? Est-ce que vous constatez des changements ?

— C'est difficile à mesurer. Mon but est la prise de conscience plutôt que le changement et j'aime penser qu'un jour ou l'autre la première mènera au second. Mais vous avez raison. Les entreprises me reçoivent surtout pour faire bonne figure.

— Quand vous dites « mon but », vous n'êtes pas toute seule ?

— Non, bien sûr. Mais ça reste une petite ONG. En tant que directrice, je suis la seule personne disponible pour donner ce genre de conférence.

— Vous êtes tout le temps sur la route ?

— Oui. Sur les routes, dans les trains, les avions… J'utilise tous les réseaux pour recommander de consommer raisonnablement les réseaux ! J'espère que c'est une contradiction que je résoudrai un jour. Là, par exemple, j'essaie de toucher les compagnies chinoises. C'est toute une histoire !

— Pour la protection de l'environnement ?

— En quelque sorte. C'est la Chine qui produit la plupart des matières premières utilisées dans nos téléphones portables, et même dans toutes sortes de technologies dites « vertes » (elle mime des guillemets avec ses doigts). J'ai besoin de connaître le parcours de toutes ces matières pour comprendre où se créent la pollution et le gaspillage énergétique.

Le téléphone de Birgit émet deux vibrations, suffisantes pour attirer son attention. Elle se déhanche légèrement pour atteindre la poche arrière de sa jupe, regarde son écran, s'adresse de nouveau à son interlocuteur.

— Excusez-moi.

— Pas de problème. C'est un travail courageux que vous faites là, je vous souhaite bonne chance pour la suite.

Quand l'homme disparaît au bout du couloir, Birgit se demande si elle aurait dû le retenir. Sur l'écran de son téléphone, les deux vibrations ont laissé deux petits symboles, l'un annonçant l'ouverture du check-in pour son vol du lendemain, l'autre lui proposant un match avec un homme qui se trouve apparemment dans l'hôtel d'en face. L'homme a écrit :

Dernière soirée à Copenhague.
Je suis seul dans ma chambre d'hôtel.
Tu me rejoins ?

Birgit aime cette poésie anonyme, cette froideur franche des soirées solitaires. Sur sa photo de profil, l'homme porte un costume élégant, il sourit, son bronzage lui fait quelques taches de rousseur sur les pommettes, il a l'air un peu plus jeune qu'elle, le milieu de la trentaine sans doute. Elle relit plusieurs fois le message, hésite. Les gorgées de whisky coulent dans sa bouche, brûlent avec une certaine douceur. Elle range son téléphone. Elle a décidé de l'issue de sa soirée depuis plusieurs heures.

Elle passe sa carte magnétique devant la serrure, qui fait aussitôt un bip accompagné d'une lumière verte. Ça lui rappelle toutes ces chambres semblables, tous ces linges blancs empilés en fonction de leurs tailles, tous ces lourds rideaux cachant la ville, l'extérieur, délimitant un espace clos. Birgit aime ces récurrences, finalement rassurantes, c'est un plaisir de la reconnaissance et de la répétition, de savoir où on met les pieds. Elle fait glisser ses chaussures à talons dans un coin et s'étend sur le lit.

Autour d'elle le silence vrombit doucement, feutré. Elle identifie une porte qui claque au loin, puis une sirène d'ambulance, enveloppée dans une bulle lointaine, et des éclats de voix étouffés, qui confirment la bonne insonorisation des murs. Elle se relève d'un coup, ouvre le mini-bar, en contemple le contenu parfaitement catégorisable : bouteille de Coca en verre, paquet de cacahuètes en carton avec opercule en aluminium et couvercle en plastique, mini-bouteilles d'alcools forts – dont un whisky Johnnie Walker –, échantillon des désirs de tout cadre moyen souvent en déplacement.

Quand Birgit était enfant et que l'occasion de voyager se présentait, elle ouvrait tous les tiroirs de toutes les chambres d'hôtel. C'était un rituel et un travail de cartographie, une exploration méticuleuse d'un nouvel espace à occuper. Désormais, elle s'en tient au frigo, et ce n'est qu'à titre de vérification. Est-ce qu'elle prend plaisir à constater la conformité des choses plutôt que leurs différences ? Elle avise la bouteille de vin offerte par les organisateurs sur la table basse, referme le frigo. Elle trouve un tire-bouchon sur le plateau métallique à côté de la télévision, ouvre la bouteille, laisse couler le vin dans un verre à pied généreux puis attrape son téléphone.

Sur WhatsApp, elle a 58 messages dont 57 sur un groupe qui rassemble des femmes comme elle, cadres supérieures ou cheffes d'entreprises, souvent en voyage ou expatriées. Une partie des messages sont des photos, où elles posent autour d'Andrea, cocktails en main, sur le toit d'un gratte-ciel chic. Andrea, Birgit ne l'a jamais rencontrée, mais c'est peut-être la seule personne qu'elle envie, puisque Andrea est entièrement nomade. Elle va de ville en ville, suivie par des millions d'abonnés sur les réseaux sociaux, ce qui lui permet de dégager un petit revenu. Elle le complète par des mandats de graphisme comme ceux qu'elle effectue pour Birgit, exécutés depuis les cafés connectés du monde entier – Bangkok ou Belgrade sont les villes idéales, a-t-elle un jour expliqué à Birgit, le coût de la vie y est bas et le wifi rapide. Birgit porte le verre à ses lèvres de la main gauche, fait défiler l'écran de sa main droite. L'autre message vient de Samuel, qui n'est plus en ligne depuis trois heures et qui décrit son arrivée dans un nouveau pays. Birgit tape le nom de la ville qu'il mentionne sur Google, regarde les images. Samuel est donc là. Elle se demande ce qu'il a fait pendant ces trois heures, à qui il écrivait la dernière fois qu'il s'est connecté. Andrea dit souvent qu'on n'est jamais seuls, plus maintenant, grâce à Internet. Birgit laisse errer son regard sur les noms d'Andrea et de Samuel. Elle ne parvient pas à savoir si elle est avec eux ou isolée d'eux.

Elle marche vers le miroir en pied avec son verre de vin, boit une autre gorgée, contemple son reflet de profil, puis de trois quarts. Elle porte sa main libre à son décolleté, caresse doucement la peau avant de glisser les doigts sous le tissu de son chemisier. De l'index, elle effleure la dentelle du soutien-gorge, sent l'aréole puis le téton qui durcissent. Elle pose le verre de vin et s'assied sur le lit, ouvre son ordinateur. Sur le site de pornographie qu'elle visite de temps en temps, elle passe la souris sur le bouton « Catégories » avant de revenir à la page principale et de regarder les vidéos les mieux notées. Elle a dû remonter sa jupe pour s'asseoir sur le lit et la sensation du tissu qui glisse sur ses cuisses satinées de bas nylon l'électrise. Elle clique sur « Play ».

5.

Les écrans ne s'éteignent jamais. Sur chacun d'eux, dans la salle en forme de trapèze qui s'étend jusqu'à la baie vitrée, de petites icônes colorées se déplacent lentement sur un fond noir. Ça fait des bips et des à-coups, ça ressemble à un vieux jeu vidéo, ça ressemble aussi au site que consultait Pénélope quand elle suivait l'avion de Matteo. Sauf qu'ici, ce sont des bateaux. Kuan orchestre leurs mouvements depuis cette salle des opérations, qu'il dirige. Devant les écrans, les contrôleurs du trafic maritime sont équipés de casques audio avec micro intégré et ne lâchent pas leur souris, qui glisse doucement sous leurs doigts attentifs.

Il marche jusqu'à la baie vitrée. Si on la mettait en parallèle avec celle de Birgit – la baie vitrée d'un hôtel danois et celle du port de Singapour –, on ne verrait pourtant pas grand-chose de semblable. La ligne d'horizon, nette sur la mer du Nord, floue dans le détroit de Singapour, laisserait deviner, par temps clair, les côtes suédoises ou l'île indonésienne de Batam. Mais depuis la salle des opérations, l'horizon n'est jamais linéaire, il est toujours découpé de cargos géométriques qui avancent lentement, au même rythme que les icônes sur les écrans.

Kuan suit du regard les différentes structures pour vérifier le bon fonctionnement du port : les postes de déchargement, les portiques sur rail, les navettes de transit, les transporteurs bidirectionnels, les grues semi-automatiques à système anti-balancement. Il aperçoit aussi des individus casqués de blanc, des grutiers vêtus de rouge, des officiers en bleu marine qui montent et descendent des bateaux, talkies-walkies et liasses de papier à la main. À l'entrée du détroit sont arrêtés des cargos qui attendent leur tour pour s'engager dans le port, et que la maniabilité des bateaux plus petits – remorqueurs, pilotines ou chalutiers – rend ridicules. Sous les pieds de Kuan, à l'extrémité du quai, se tient un câblier qui s'apprête à appareiller. Un jeune homme aux traits occidentaux monte à bord, son équipement de plongée sur le dos. Dans un geste qui semble admiratif, il pose la main sur l'immense cuve, remplie du câble enroulé comme un serpent.

La plupart des gens ont besoin d'eau, d'oxygène et de nourriture, trois conditions minimales pour maintenir un corps humain en vie. Pour Kuan, l'eau et l'oxygène, dès son enfance dans une zone fortement polluée, ressemblaient davantage à un poison toxique. Après la mort de Meï, il s'est retrouvé seul avec Lu Pan qui avait à peine deux ans. Les travaux d'agrandissement du port de Shanghai commençaient, offrant un emploi à n'importe quel citoyen chinois ayant plus ou moins étudié l'ingénierie. Il venait d'une région pauvre, mais ses professeurs le disaient brillant, ce que confirmaient les examens à l'université. Il avait été facilement engagé à Shanghai, sur le chantier du nouveau port, pas celui qui se trouvait en ville dans l'embouchure du Yang-Tsé, mais celui que la Chine bâtissait alors à 30 kilomètres des côtes, prenant appui sur le chapelet d'îles de Yangshan. Kuan avait participé à toutes les étapes de la construction et profité des formations complémentaires proposées aux employés. Quand Singapour l'avait contacté en tant qu'ingénieur portuaire hautement qualifié, il avait été autorisé à s'expatrier. Shanghai, Singapour : il suivait le trajet des conteneurs. C'est à eux, plus qu'à l'eau ou à l'oxygène, qu'il doit sa survie.

La gestion du port est un casse-tête à plusieurs niveaux. Il y a bien sûr les entrées et sorties des bateaux – une toutes les 3 minutes en moyenne –, mais aussi l'entreposage des conteneurs en fonction de leur destination, de leur poids, de leur contenu, de leur propriétaire. Sous sa responsabilité, on en déplace 90 000 par jour, l'équivalent en poids de 300 000 éléphants. Ils ont beau être identiques, disponibles dans une dizaine de couleurs seulement, c'est leur force d'ensemble qui impressionne. Ils s'étendent jusqu'à l'horizon, boîtes de tailles égales qui se superposent et se juxtaposent, composent des surfaces et des tours, des villes modulables et polychromes. À l'époque de la construction de Yangshan, Kuan et ses collègues s'amusaient à de petits calculs, histoire de se rendre compte : si on posait tous les conteneurs du monde sur l'équateur, bout à bout, on ferait trois fois le tour de la Terre. Ça créerait une sorte de mur, de trois conteneurs de haut, soit 7,5 mètres, qui séparerait l'hémisphère nord de l'hémisphère sud.

Derrière cette baie vitrée, on est extrait de la brume et du vacarme. On contemple les coulisses du monde et leur beauté spécifique, étalée à ciel ouvert, défiant tout entendement. Kuan sait qu'il assiste à une scène privilégiée, comme s'il circulait dans le mécanisme d'une montre ou d'un ordinateur, même s'il lui arrive d'avoir la nostalgie des étapes précédentes, quand il se trouvait dans la montre, quand il ignorait l'existence d'un ensemble appelé « montre ». À Shanghai, il voguait sur une drague dans les eaux boueuses du Yang-Tsé, dégageait de la matière du sol spongieux, la redisposait plus loin autour des îles de Yangshan pour construire une île de toutes pièces. Plus tard, le projet achevé, il passait sa journée face à l'océan crémeux, aux manettes d'une grue bercée par le grincement des structures métalliques, se concentrait pour abaisser le câble vers le conteneur, entendre les pinces se refermer, soulever, glisser, redéposer. Le même geste, répété des milliers de fois en évitant la plus petite variation. Désormais la tâche de Kuan est autre, il observe chaque détail comme le signe d'un jeu sérieux et complexe, avec des répercussions possibles sur l'ensemble.

Une fois par semaine, Kuan joue au mah-jong pendant la pause de midi avec d'autres expatriés chinois. Certains sont de hauts fonctionnaires comme lui, d'autres des ouvriers descendant de familles arrivées il y a un siècle. Devant les pièces de mah-jong, il arrive que Kuan ait des visions et voie défiler les conteneurs métalliques plutôt que les délicates tuiles gravées. Il aime l'entrain que ce jeu provoque, le silence rythmé d'entrechoquements de pièces qui remplace les bavardages, le mélange d'harmonie et de complexité qui se dégage des combinaisons possibles. Parmi les joueurs, Kuan retrouve souvent Chang Ming, qui a un fils du même âge que le sien. Pour Kuan, c'est un sujet d'embarras, puisque son fils Lu Pan reste enfermé dans sa chambre depuis des mois. Quand Kuan rentre du travail, père et fils ne se parlent qu'à travers la porte verrouillée.

— C'est une star ! dit Chang Ming, interrompant un énième descriptif de la situation familiale de Kuan.

— Quoi ?

— Ton fils : Lu Pan. C'est une star. C'est mon fils qui me l'a dit.

— Comment est-ce qu'il pourrait être une star, il ne sort jamais de sa chambre ! Il passe son temps sur son ordinateur. J'ai même été convoqué par son école parce qu'il ne va pas en cours.

— Tu sais, il y a des choses qu'on ne comprend pas bien, toi et moi. On n'y pense pas, on est trop vieux. Mais ton fils, il fait des trucs sur Internet que le monde entier regarde. Il n'a même pas besoin de sortir de chez lui ! Quand mon fils a dit qu'il rêverait de le rencontrer, je ne l'avais jamais vu comme ça. Il voulait même un autographe !

Kuan fixe les tuiles de mah-jong devant lui. Ses tuiles sont trop disparates pour espérer former une combinaison et il lui faudrait une chance inouïe pour composer une main spéciale. Il pense à Meï. Elle, sans doute, aurait su parler à Lu Pan, aurait su comprendre ce monde abstrait et mouvant dans lequel il grandit. Si elle était encore là, sans doute qu'il passerait moins de temps sur Internet. Si elle était encore là, sans doute qu'ils constitueraient encore un groupe familial cohérent. Chang Ming interrompt les regrets de son ami.

— J'ai démissionné.

Kuan ne réagit pas. Chang Ming connaît la placidité de Kuan et choisit de développer sans attendre sa réponse.

— Toi, tu es là-haut, aux commandes. Mais moi, dans la grue, je commence à en avoir marre. Le rythme accélère de plus en plus. Et puis tu vois le câblier qui est là depuis un mois ? Ces grandes compagnies de télécommunication, elles engagent, et elles paient mieux.
— Elles restent longtemps à quai en tout cas. C'est tout ce que je sais.
— Oui, un mois ! C'est le temps qu'il leur faut pour enrouler un câble dans la cuve, tu savais ça ? En gros, je vais dérouler des

câbles au lieu d'empiler des boîtes. Ça me changera.

Kuan replonge dans le silence. À côté d'eux, des éclats de voix entourent la fin d'une manche de mah-jong. Chang Ming se lève pour repartir, attrape sa boîte de nourriture vide en fer blanc.

— Qu'est-ce que tu fais pour le Nouvel An chinois ?

Cette fois Kuan répond d'une voix assurée.

— Je retourne à Baotou.

6.

Dans le café-librairie d'Oliver, des étudiants profitent du wifi sur de grandes tables en bois collectives, un cappuccino à côté de l'ordinateur. Les jeunes retraités lisent des classiques, qu'ils feuillettent avec un americano, pendant que les parents consomment d'épais romans à succès accompagnés de latte macchiato en attendant la fin des cours. Ceux qui ne commandent qu'un expresso sont souvent des intellectuels, artistes, journalistes ou voyageurs. Quand Oliver dit qu'il vient de Seattle, on lui fait cette remarque : « Seattle ? La ville d'Amazon et de Starbucks ? Vous avez fait un mélange des deux ? » Et c'est exactement ce qu'Oliver a fait, même si sa situation obéit davantage à l'ajustement de ses envies qu'à un plan de carrière préliminaire.

Quand Oliver a ouvert ce lieu, il y a quatre ans, on le mettait en garde. Des espaces multifonctions, il en existait déjà tellement. Mais Oliver voulait mêler les livres à la vie quotidienne, prendre un café, s'informer, cuisiner, se relaxer parmi les livres. À ce jour, il a développé le café et la librairie, organise de temps en temps des expositions comme celle qu'il inaugure ce soir, mais pour les cours de cuisine et l'espace de massage, il n'a pas encore les moyens. Ce soir, il a repoussé les présentoirs et disposé une quarantaine de chaises pliantes au milieu des étagères. Toutes sont à présent occupées et d'autres visiteurs se promènent déjà devant les photos de l'exposition. Oliver aperçoit June et Evan, qui franchissent la lourde porte du café au moment où il finit d'introduire le photographe Jose Jose.

— Merci à tous d'être là. Comme vous vous en doutez, mon vrai nom n'est pas « Jose Jose », c'est un pseudonyme que j'utilise pour mon travail artistique. Cela dit, je suis bien photographe, j'habite au Panama et je suis venu, à l'invitation d'Oliver que je remercie, vous présenter une série d'images sur laquelle je travaille depuis plusieurs années.

Il marque une courte pause, que remplissent quelques « bienvenue ». Oliver aperçoit Evan et June en pleine gesticulation silencieuse, comme s'ils venaient de découvrir un problème qui requérait toute leur attention. Jose s'éclaircit la voix avant de reprendre.

— En général, quand on entend parler du Panama, c'est pour le canal. Moi, je suis né exactement au bord de ce canal, dans une ville qui s'appelle Gamboa. Ce n'est pas la capitale, c'est juste une petite ville dans la jungle, qui a été construite pour les ouvriers qui travaillaient au creusement du canal au début du XXe siècle. Ce canal a structuré toute ma vie, et celle de mes parents avant moi. Mais tant que je vivais à Gamboa, je ne le remarquais même pas, il faisait partie du paysage. C'est quand je suis parti, à Panama City pour mes études puis à l'étranger pour des photos de presse, que j'ai réalisé que, ce canal, c'était quelque chose.

Jose s'arrête, fait quelques pas vers le mur où l'une de ses photographies, sous une plaque de verre, représente une série de conteneurs colorés. Il reprend en se tournant vers le public.

— J'ai essayé différents exercices. Parfois, je posais mon appareil une semaine au même endroit, avec un déclenchement automatique toutes les heures. Parfois, je photographiais par série : tous les conteneurs verts, tous les cargos bordeaux, tous les numéros en bas à droite de chaque caisson. Parfois, c'était au contraire les anomalies, les éléments qui me semblaient contraster avec la régularité de la composition. J'ai même photographié des choses qui n'étaient pas du tout des cargos, mais qui m'y faisaient penser : un Rubik's Cube, le tableau périodique des éléments (en balayant l'audience du regard, il aperçoit Oliver et ajoute en désignant l'espace autour de lui)... des étagères de livres !

Les gens rient. Jose leur sourit et en profite pour rentrer dans le vif du sujet.

— Mais il y a une différence avec les livres. Un livre, vous pouvez l'ouvrir, le feuilleter. Le Rubik's Cube, on le tourne, on sait que le but est d'aligner les couleurs, mais que la matière est la même pour toutes les touches, c'est du plastique, ou du bois, mais c'est écrit sur l'emballage. Ces conteneurs, personne ne sait ce qu'il y a dedans.

Il s'arrête, mesure l'effet de ses dernières paroles. Un homme imposant attend que le silence s'installe avant d'intervenir d'une voix forte.

— Comment ça se fait ?
— Comment ça se fait que personne ne sache ce qu'il y a dedans ? La seule obligation

légale de l'expéditeur est d'apposer sur le conteneur une étiquette, qui ne dit pas ce que le conteneur contient, mais ce qu'il « peut contenir ». C'est la formulation officielle – un peu comme sur les produits d'épicerie –, mais ça ne donne aucune certitude sur le contenu réel. Après le 11 Septembre, les États-Unis ont décidé de scanner 100 % des conteneurs dans les ports, en les faisant passer dans des portiques à rayons X, comme pour les bagages dans les aéroports. Mais le fait est que ça prend du temps et qu'on ne veut pas ralentir toute l'économie mondiale pour ça, donc on ne scanne que 2 % des conteneurs.

Jose se réjouit de susciter ce qu'il voit maintenant dans les yeux de son public. Photographier est une manière d'enregistrer le regard qu'il porte sur le monde et de le transmettre à autrui. En l'occurrence, il ne leur donne à voir qu'une opacité frustrante.

— Je devine sur vos visages que vous êtes surpris, peut-être même en colère. Mais laissez-moi vous évoquer un mot : « cécité ». Dans le commerce maritime, on utilise l'expression « la cécité des mers ». Ça veut dire que, parce que le commerce maritime a lieu sur les mers et dans les ports, donc loin de nous, on ne voit rien. Même si 90 % de ce que nous consommons – nourriture, informatique, vêtements – arrivent par là, on ne voit rien. Quand il y a une marée noire, c'est souvent en plein océan, donc on ne voit rien. Quand il y a une marée blanche, c'est-à-dire un cargo qui déverse ses produits de nettoyage chimique dans l'eau, on ne voit rien non plus. Les naufrages, les conditions de vie des marins, ce qu'il faut pour assurer la marchandise de ces cargos qui vaut parfois des milliards, on n'en entend jamais parler. Les propriétaires de ces compagnies gagnent autant que Bill Gates ou Mark Zuckerberg, mais ils sont beaucoup moins médiatisés.

Jose suspend un instant son discours, un léger sourire aux lèvres.

— J'ai l'air de m'égarer, mais je voulais juste vous dire que cet aveuglement, cette cécité, c'est l'inverse de la photographie. J'ai fait des photos où je vous montre qu'il n'y a rien. Enfin, je vous montre qu'on nous montre qu'il n'y a rien.

Il s'arrête de nouveau, joint ses paumes devant la poitrine en signe de conclusion.

— Et si vous voulez continuer à parler de rien autour d'un verre, je crois qu'Oliver a de très bonnes bières locales. Sinon, il a du café, vous pouvez vous promener un peu dans l'exposition et me poser des questions. Je reste là encore un moment. Merci.

Après le discours de Jose, Oliver délègue deux de ses employés à la vente et se fond dans la foule. Il aperçoit Evan au loin, en pleine conversation téléphonique apparemment animée. June est à ses côtés et Oliver tente de les rejoindre, tout en sachant qu'il sera distrait et interrompu cinquante fois avant d'y parvenir. Il aime ces quelques minutes qui suivent la fin d'une intervention, ce moment où la tension se relâche, où il déambule dans son magasin comme un client, une bière à la main. Il écoute avec amusement les commentaires autour de lui.

— Tu vois, c'est pas si romantique d'être un marin de nos jours.
— Je ne savais pas. Ça donne le vertige !
— Tu imagines le gars qui a dû empiler tous les conteneurs sur ce cargo ?
— Tu crois qu'il y a un plan, pour décider quel conteneur on met où ?
— Ça fait penser à SimCity.
— Ou à Tetris ?

Oliver s'approche de la conversation. Quand il avait dix ans, son école avait acquis un premier ordinateur, sur lequel les élèves méritants pouvaient aller s'amuser quand ils avaient fini leurs exercices. Tetris était le seul jeu à disposition et Oliver y jouait beaucoup, avait son nom tout en haut de la liste des meilleurs scores, qu'il battait régulièrement. Il n'y avait pas pensé depuis longtemps, mais le souvenir de ces heures concentrées suscite en lui une nostalgie. Il s'est surpris à évoquer cette période, un jour, avec sa nièce Tara, de 14 ans. Elle lui a gentiment expliqué qu'on appelait désormais ça du retro gaming, parce que les gens qui se souviennent de ces premiers jeux et les prennent encore comme références sont, comme Oliver, des trentenaires, potentiellement parents d'une nouvelle génération qui joue à des jeux plus récents.

Devant Oliver, deux adolescentes à peine plus âgées que Tara décortiquent une photo depuis de longues minutes, le nez collé à la vitre de protection. Leur conversation intrigue Oliver, parce qu'il n'y comprend rien.

— Tu mémorises le plan ?
— À peu près.
— Pour les conteneurs, c'est facile, on peut prendre de la laine colorée. Il faudra planter du cactus, de la betterave.

Evan et June observent la scène de loin. Oliver s'approche des deux jeunes filles, un air de grand frère charmant et sympathique. D'abord vaguement impressionnées, les filles parlent ensuite à toute vitesse, comme si elles récitaient la notice d'un mode d'emploi appris par cœur. Les yeux d'Olie s'écarquillent, il a ce regard tout à coup, cette passion. Evan passe son bras autour de June et chuchote.

— Est-ce qu'on devrait être jaloux ?

June lui sourit. Elle répond comme si c'était à la fois un ordre et une question.

— On va voir ?

Quand ils s'approchent du petit groupe, c'est une des deux jeunes filles qui s'exprime. Ses yeux bleu glacé n'ont pas du tout l'air intimidés par Oliver.

— C'est un jeu vidéo de type « bac à sable », une sorte de Lego pour adultes. Si vous êtes un fan de Tetris, ça devrait vous plaire. Il y a aussi des recettes, qui permettent de fabriquer des objets à partir de ce qu'on possède déjà.

Voyant June et Evan arriver, Oliver les présente aux deux adolescentes. June a réagi au terme de « recettes », se tourne vers elles et engage la conversation pendant qu'Oliver prend Evan en aparté.

— Tout va bien ? Je t'ai vu au téléphone, ça n'avait pas l'air d'aller.

— J'ai reçu un appel d'une banque au Texas, juste avant d'arriver. Ils disent que j'ai ouvert un compte chez eux et demandé une nouvelle carte de crédit, ce qui n'est pas le cas. Ils appelaient pour me proposer plus d'options. J'ai dit que c'était une erreur et que ça ne m'intéressait pas, mais tu sais comment c'est avec ces gens-là, c'est difficile de leur faire lâcher l'affaire.

Oliver pose la main sur l'épaule d'Evan, qu'il caresse distraitement du pouce avant de profiter d'une brèche dans la conversation des filles pour revenir au jeu.

— OK, donc c'est un jeu avec des Lego et des recettes ? Admettons que ça m'intéresse, comment je fais pour apprendre ? Je suis vieux, ça s'est sûrement compliqué depuis Tetris.

Les adolescentes sont unanimes, mais c'est la voix des yeux bleus qui s'impose sur celle de sa voisine.

— Le plus simple, c'est que vous alliez voir un tutoriel. Il y en a d'excellents sur

YouTube. Par exemple un gars de Singapour, son pseudo est lUPanSP03, je crois, avec « UP » en majuscules, comme « up ». Vous pouvez regarder ses vidéos et suivre les instructions pas à pas, c'est très progressif.

7.

On l'a dit, Lu Pan ne quitte pas sa chambre. En revanche, il en connaît les moindres recoins, la légère surélévation du sol dans l'angle nord-est, la tache de moisissure pâle dans l'angle nord-ouest qui jouxte la salle de bains, l'instant auquel les rayons du soleil pénètrent par l'unique fenêtre et viennent frapper les écrans pour quelques heures incommodes. Il faut alors s'en protéger si on veut voir quelque chose et éviter la surchauffe. Un tiers de la petite pièce est encombré par les étagères, l'armoire et le matelas, alors que le reste est occupé par les composants informatiques. Les câbles, on ne peut définir leur place ou suivre leur tracé, ils sont partout.

La fenêtre donne sur le port de Singapour, où travaille son père. Il n'est donc pas tout à fait vrai que Lu Pan est enfermé, qu'il s'isole du monde. Le monde défile là, juste sous ses fenêtres, sous forme de cargos et de conteneurs multicolores, sous forme d'heures de vidéos qui courent au fond du détroit, dans l'eau limoneuse remuée par les pétroliers. Si Lu Pan savait que les câbles qui le relient à Internet passent juste sous sa fenêtre, s'il savait que ça fonctionne comme ça, il serait peut-être conscient des risques d'être coupé du monde. Il suffirait d'une ancre – celles des porte-conteneurs pèsent quatre tonnes et hameçonnent jusqu'à cinq mètres de sédiments océaniques – ou d'un éboulement sous-marin – plus fréquents dans cette zone géologiquement instable qu'est la mer de Chine – pour que son monde soit sérieusement chamboulé. Mais ce n'est pas parce qu'on est youtubeur, joueur, programmeur, hacker ou community manager, qu'on connaît l'existence des câbles. Pour Lu Pan, le fonctionnement d'Internet n'est pas une préoccupation, pas plus que la provenance des conteneurs n'en est une pour son père.

Le papier peint des quatre murs de la chambre de Lu Pan est un monde en soi. Son père l'a choisi pour des raisons confuses : il voulait qu'il lui rappelle sa Chine natale, ses paysages de brume, sa végétation aussi délicate que la caresse d'un pinceau. Mais il voulait aussi qu'il lui rappelle sa richesse, le chemin parcouru depuis cette ville minière du nord – Baotou – dont Lu Pan n'a aucun souvenir. Éliminés, donc, les papiers peints bon marché, les caractères chinois vulgarisés comme sur un training occidental de la fin du XXe siècle, le grain plastifié qui ressemble à une plage en mousse de polystyrène. Non, au final, tous les murs de l'appartement se retrouvent tapissés de paysages aquatiques raffinés, carpes koï et fleurs de lotus, nénuphars et libellules, dégradés du vert au gris rappelant la peinture traditionnelle sur soie. Plusieurs fois par jour, Lu Pan s'en approche, colle son nez au papier peint et y discerne de nouveaux détails : la transparence d'une nageoire, la nervure d'un pétale, les nénuphars, gros nuages doux et protecteurs dans cette eau sombre comme un ciel.

Voilà donc pour le dehors, qui se trouve partout, tout autour de Lu Pan et de sa chambre : le port, le papier peint, nous verrons encore les jeux auxquels il joue. Quant au dedans, il existe avec plus de matérialité, puisqu'au fil des semaines Lu Pan a accumulé dans un coin les déchets de la nourriture commandée sur Internet : bouteilles de soda, bols de nouilles instantanées et leurs emballages en carton plastifié pliés comme des origamis suspects, sachets éventrés de *pulut hitam* qui contiennent encore de petites nappes de sauce noire et visqueuse. Sans doute que Kuan hurlerait s'il voyait ça, et Lu Pan comprendrait sa réaction. Mais la hideuse accumulation permet encore de discerner les carpes koï, nageant au-dessus des sachets usagés de raviolis *bakcang*.

Lu Pan va s'asseoir dans l'autre partie de la chambre, celle où les écrans se démultiplient, comme les points de vue de Kuan ou de Birgit derrière leurs baies vitrées respectives. Il commence à planifier sa journée, se rend sur le site d'un traiteur local, y commande des *gyoza* pour son repas. Sur le site d'un grossiste chinois, il parcourt les promotions. L'offre du jour concerne les ailerons de requins séchés, qu'il n'a jamais goûtés mais dont son père se régale chaque fois qu'il est invité chez des gens très fortunés. Lu Pan regarde le matériel informatique, il aimerait bien rajouter de la RAM, et ne serait pas contre un nouveau micro. Il se connecte à son compte YouTube, constate qu'on lui propose une vidéo qui a dépassé le milliard de vues. Il suspend ses gestes un instant, comme si la réalité de ce nombre l'assommait. Avant de se mettre à filmer, il lit encore ses mails, attribue à chacun une étiquette thématique et un drapeau par degré d'urgence.

L'un des mails provient d'une équipe de e-sport professionnelle, qui représente Singapour dans les plus grands tournois de jeux vidéos. C'est la deuxième fois que cette équipe essaie de recruter Lu Pan, qui a de la peine à croire à l'offre qui lui est faite :

> Salut lUPanSP03,
> On pense vraiment que tu devrais rejoindre notre équipe. On adore tes vidéos solo, mais là où tu excelles, c'est dans les MOBA[1]. Et puis, YouTube ça ne paie pas beaucoup, non ? Tu viendrais vivre avec nous, on a une cuisinière merveilleuse et notre team manager est la meilleure.

À Lu Pan, ça lui rappelle un débat, qui avait eu lieu dans les commentaires d'une de ses vidéos. Quelqu'un avait demandé : « Pour quelle équipe il joue ? » et l'autre avait répondu : « Que veux-tu dire ? » Ironiquement, le second commentaire avait suscité des centaines de « like » puisqu'il émanait d'un internaute qui ne connaissait visiblement pas l'existence d'équipes professionnelles de jeux vidéos. Aujourd'hui, Lu Pan réalise doublement sa chance. Non seulement le e-sport est bien connu dans cette partie du monde, mais en plus on lui offre de rejoindre une de ces équipes, de gagner des millions pour participer aux plus grandes compétitions et de parcourir

1. *Multiplayer online battle arena*, « arène de bataille en ligne multijoueur ».

le monde comme un groupe de rock. Bref. On lui propose d'être une star.

Sans considérer davantage l'opportunité – il est peut-être déboussolé, Lu Pan, et indécis, puisque ce n'est pas la première fois qu'on le sollicite –, il ferme sa boîte mail et sa page YouTube, attrape son téléphone, qu'il déconnecte. Il vérifie derrière lui que les libellules et les nénuphars ne sont pas masqués par les ordures, qu'ils présentent un décor propice. Il ouvre le jeu, enclenche la caméra, salue brièvement son audience invisible. Combien de gens, dans les mois à venir, verront cette image de Lu Pan ? Lu Pan entre son écran et son papier peint, Lu Pan à quelques centaines de mètres du port de Singapour. Combien de gens regarderont ce visage dont ils ne sauront rien, cette vidéo qui n'existe pas encore ? Après l'introduction, Lu Pan coupe la caméra, arrête de se filmer et commence à jouer. Il enregistre désormais ce qui se passe sur son écran, tout en commentant à voix haute les choix et les actions de son avatar. Le film s'enregistre sur son disque dur. Lu Pan viendra l'éditer avant de le mettre sur Internet, l'envoyant rejoindre FLIN, le requin, le site porno de Birgit et les messages qu'elle échange avec Samuel, au fond de l'océan.

dans le jeu de Lu Pan{

Il est dans la forêt. Il coupe du bois. Il en transforme une partie en planches, une autre en bâtonnets, il garde quelques bûches intactes pour le four. Il y a une prairie à proximité et il en profite pour prélever des graines parmi les hautes herbes. En cas de famine, il aura au moins un peu de blé pour se faire du pain.

Il faut songer à créer des outils de base et à construire un abri avant la nuit. Il va au plus simple : une hache, une pioche. Pas de pelle, car il pourra toujours prélever un peu de terre avec ses mains. Une épée ou toute autre protection ? La hache et la pioche suffiront pour le moment.

Il regarde autour de lui. La prairie n'est pas mal, mais il pourra trouver mieux. Il y a une toute petite colline, qui lui donne un peu de hauteur et pourra faire l'affaire pour les premières nuits. Il regarde où en est le soleil. Il a encore le temps.

Il coupe plus de bois, fait plus de planches et garde une bonne réserve de bûches pour le feu. Il a repéré des rochers au loin. Il a juste le temps de s'y rendre avant la nuit, et peut-être ces taches sombres qu'il croit distinguer en bas de la paroi se confirmeront-elles. Oui, c'est bien ça. Il a trouvé un morceau de charbon qui lui permet de fabriquer une torche. Il rejoint la colline quand le ciel commence à rosir. Il dispose les planches autour de lui, il peut à peine se tenir debout. Il en utilise aussi pour le toit et pour combler ce qu'il imagine être la porte d'entrée. Cette nuit, il n'y aura pas de porte, mais il sera au moins protégé des prédateurs.

À travers les planches, il les voit apparaître dans la nuit.
Eux ne le voient pas.
Sa torche rassurante illumine l'intérieur de la cabane.
Il est fasciné.
Il est bien.
}

Deuxième partie

Février

8.

Pénélope est assise sur un tapis de vinyle au centre du salon, les jambes allongées devant elle. Elle attrape une de ses jambes, la glisse derrière sa nuque. Elle utilise ses bras pour se redresser et pivoter sur le côté, se soulève avec une main, l'autre pied posé au sol, en planche latérale. Elle agite un peu son bras pour trouver l'équilibre, le dirige finalement vers le ciel, dans l'axe de l'autre bras qui la soutient toujours. Elle reste quelques secondes puis s'affaisse de manière contrôlée et dénoue la jambe de son cou. Elle recommence de l'autre côté puis, légèrement essoufflée, mais satisfaite, s'allonge sur le dos. C'est la première fois qu'elle réussit la posture de *kala bhairavasana*, dédiée à Shiva le destructeur, ne serait-ce que quelques secondes.

Quand elle a terminé, elle allume le four, y place des restes de lasagnes, se rend sous la douche, en ressort avec l'impression de commencer une deuxième journée. À l'extérieur, il fait nuit, mais Pénélope est on ne peut plus réveillée. Matteo lui répète souvent qu'elle devrait se filmer pendant qu'elle fait du yoga, mettre les vidéos sur YouTube, mais Pénélope refuse parce que le yoga, c'est la seule chose qu'elle fait qui ne passe pas par un écran. Au début d'un enchaînement, ses pensées naviguent. Elle se voit de l'extérieur, commentant ses propres gestes, comme si le dédoublement par l'écran était finalement dans sa tête, ou alors elle pense aux postures en tandem qu'elle pourra réaliser avec Matteo quand il rentrera. Mais ensuite, le mouvement l'emporte et ses pensées avec. Elle n'est plus que corps.

Elle a deux vies, Pénélope. Le jour – on l'a vu –, elle écrit des lignes de code pour des entreprises du monde entier, décompose mentalement des actions informatiques jusqu'à l'unité minimale. Le soir, elle travaille au rééquilibrage du monde en défaisant ce qu'elle a contribué à faire. Elle visite les forums spécialisés auxquels elle participe régulièrement, apprend la découverte de failles dans tel matériel ou programme, lit les débats autour de piratages récents ou à venir. Pénélope, elle défait la nuit ce que les normes du jour l'ont forcée à faire pour gagner sa vie. Elle hacke des logiciels qu'elle a utilisés, fournit des accès pour voler des données qu'elle a compilées.

Pénélope a une autre manière d'occuper ses soirées, mais c'est un projet secret, qu'elle n'a confié qu'une fois, à Matteo, qui a trouvé l'idée si palpitante que c'est lui qui la ramène régulièrement sur le tapis. Elle voudrait écrire un livre, quelque chose avec ces 26 lettres de l'alphabet qu'elle manie quotidiennement de manière si rigide et impardonnable qu'elle aimerait les libérer. Ça la panique autant que ça l'attire, car alors il n'y aurait plus aucune règle, rien ne l'empêcherait de créer des mots qui existent à peine, de les assembler comme elle veut, de leur faire dire des choses qui n'ont qu'une action incertaine sur le monde. Pour couronner le tout, elle aimerait écrire sur un lieu où elle n'est jamais allée, en se renseignant uniquement sur Internet – la Corée du Sud, réputée hyperconnectée, lui semble une bonne option. Matteo lui a fait remarquer que son choix n'était pas dû au hasard, qu'elle y est née, dans ce pays sud-coréen, même si elle n'a jamais voulu le revoir ou en apprendre la langue. Pénélope a rétorqué qu'une fois qu'on avait vu, atterri, touché, appréhendé un pays, il n'était plus possible d'avoir un regard vierge. Matteo s'est tu, désemparé. Même dans ses rêves, Pénélope est raisonnable.

Pour l'instant, elle a identifié les compagnies aériennes qui proposent des vols depuis l'Europe, obtenu le plan des aéroports de transit et de la zone des arrivées à Seoul Incheon Airport, suivi le rail qui permet de rejoindre Séoul en survolant la mer Jaune sur le street view de Google Maps. Après, à la sortie du train, elle ne sait que faire de son héroïne, car la quantité d'informations disponibles augmente en même temps que les décisions à prendre, pour elle qui écrit. C'est à ce stade qu'elle est bloquée depuis des mois. Alors elle procrastine, erre sur Internet, participe à de nouveaux piratages, démaille méticuleusement son monde diurne.

On pourrait croire que ça l'ennuie, d'agir pour deux partis adverses. Elle s'en est rendu compte en essayant d'expliquer ses activités à sa grand-mère de 93 ans, qui maîtrise pourtant parfaitement tablettes et smartphones. Le terme « piratage » l'avait fait tiquer, le terme « éthique » avait suspendu son jugement et soulevé sa curiosité.

— C'est une manière de se battre, grand-maman.

— Mais se battre contre quoi ?

— Contre l'obsolescence programmée, contre les licences abusives, contre le manque de reconnaissance des informaticiens, contre la surveillance numérique, contre l'opacité autour de l'utilisation de nos données, pour un Internet comme outil, pas comme business… Tu sais, les gens qui ont développé Internet dans les années 1980 ? Ils avaient une vision civilisatrice de ce qu'ils étaient en train de faire. La plupart sont ultra déprimés de voir le tournant que ça a pris. Mais maintenant, on est plus nombreux à comprendre comment ça marche et à pouvoir agir. Je fais ce que je peux.

À cette affirmation, sa grand-mère avait hoché la tête.

— Ça oui. Chacun fait ce qu'il peut.

Aujourd'hui, les forums bruissent de suppositions au sujet de l'attaque sur une célèbre compagnie d'assurances. Les succursales américaines étaient visées, il s'agissait de dérober les numéros de sécurité sociale des clients pour fragiliser et décrédibiliser l'entreprise. Mais les numéros de sécurité sociale ont ensuite été revendus au plus offrant, ce à quoi Pénélope ne souscrit pas. Aux États-Unis, ces numéros permettent d'entreprendre toutes sortes de démarches administratives – prêts, hypothèques, demandes d'indemnités –, ce qui équivaut à un vol d'identité. En revanche, Pénélope est amusée par un commentaire, qui dit que les employés de Portland, filiale pourtant très secondaire, ont réagi en visitant les lieux de leurs infrastructures, en Californie, comme si vérifier le réel le rendait moins dangereux.

Pénélope avale une bouchée de lasagnes entre deux lectures, clique et fait défiler, ouvre des onglets et des applications, petite entité numérique agile qui ricoche à la surface du Web. Sans qu'elle sache comment – sait-on jamais retracer le chemin de quoi que ce soit sur Internet – elle tombe sur un site qu'elle ne connaissait pas et dont elle s'étonne qu'il soit encore en ligne. Le site a tout simplement pour thème principal le fait d'éteindre Internet.

Elle avouera, bien plus tard, quand tout ça fera partie de l'histoire, qu'elle pensait tomber sur des illuminés – les théories conspirationnistes ne manquent pas sur le Web. Mais en survolant les catégories, en lisant quelques pages, elle se rend rapidement compte qu'elle a tort et que tout semble parfaitement pertinent. Le site existe depuis un mois, mais s'étoffe de manière exponentielle, s'inspirant des pannes les plus célèbres, récapitulées sur la page « Exemples » :

2006 Le tremblement de terre de Hengchun,
au sud de Taïwan, prive d'Internet
de nombreux pays asiatiques et perturbe
le marché des changes.
2007 Des pirates dérobent 11 km de câbles
reliant Hong Kong, la Thaïlande
et le Vietnam, provoquant des ralentissements
dans ces trois pays.
2011 Le gouvernement de Moubarak coupe
l'accès à Internet pendant cinq jours.
2011 Une grand-mère arménienne sectionne
un câble en labourant son champ et coupe
toute la Géorgie d'Internet pendant cinq heures.
2014 Panne importante à l'échelle mondiale,
suscitée par le dépassement de la limite
des 512 000 routes, que d'anciens modèles
de routeurs ne peuvent prendre en charge.
2016 Une cyberattaque rend inaccessibles
la plupart des grands sites d'Amérique
du Nord pendant une dizaine d'heures.

La simple idée qu'Internet puisse être éteint – volontairement ou non – n'a jamais effleuré Pénélope. Songerait-on à se priver d'air ou d'eau potable ? Elle se formule cette remarque pour elle-même, tout en se disant qu'elle exagère, et que par ailleurs, oui, l'être humain s'adonne à quantité d'activités qui altèrent son air et son eau potable sans se préoccuper outre mesure des conséquences. Elle se rend ensuite sur la page « Méthode », où sont récapitulées les causes susceptibles de provoquer une panne.

Coupure de câble
Catastrophe naturelle
Décision politique
Piratage informatique
Incendie/explosion/attentat dans un data center
Pandémie
Tempête solaire

On peut cliquer sur chaque élément et obtenir des détails : cela s'est-il déjà produit ? Quels seraient les moyens nécessaires ? La tempête solaire de 2012, qui aurait détérioré toute trace d'électronique sur Terre si la planète était passée dans son sillage une semaine plus tôt, semble avoir marqué les esprits, mais c'est la partie « Témoignages » qui touche le plus Pénélope. Une adolescente y explique que sa jeune sœur s'est suicidée après avoir été la risée de son école sur les réseaux sociaux. Un trentenaire y expose sa colère contre le commerce en ligne, qui a provoqué la faillite de l'entreprise familiale. Un étudiant zambien tempère : grâce à Internet, il suit un cours en ligne au MIT, et bénéficie ainsi des meilleures études du monde.

Sous l'angle inférieur droit de son écran, Pénélope a scotché une photo de Matteo et elle pendant leurs vacances en Thaïlande. Ce jour-là, ils étaient unis et heureux, ils avaient créé cette symbiose qu'elle ne s'explique pas vraiment, cette capacité à être meilleur que soi-même au contact d'un être précieux. Aujourd'hui, Matteo n'est pas là, il installe des câbles en mer de Chine pendant qu'elle fait et défait des liens virtuels. La répartition de leurs forces sur la planète lui paraît tout à coup absurde.

Plus Pénélope avance sur le mystérieux site, plus ce qu'elle avait de la peine à déterminer – le sérieux de cette revendication – semble se préciser. Elle passe le reste de la nuit à commenter le site, distillant son savoir informatique comme autant de traces de son identité, revient à ses autres onglets, corrige des exercices effectués par des débutants sur des sites qui enseignent les bases du hacking. Ses paupières s'alourdissent, mais elle les sent à peine, grisée par la découverte du site, par la blancheur de l'écran et par la noirceur de la nuit, posée sur la ville comme une chape de silence. Elle s'apprête à aller se coucher lorsqu'un utilisateur inconnu la contacte par IRC, sur le tchat qu'elle a laissé ouvert toute la nuit pour communiquer avec quelques amis connectés.

> Salut !
> Je vois que tu t'intéresses aux pannes d'Internet.
> J'aurais un projet à te proposer.

9.

Les dimensions sont affolantes. La construction massive est pourtant presque invisible puisque couverte uniformément de vitres, qui reflètent le ciel et tapissent le bâtiment d'un bleu royal, dans les nuages. Evan se plante debout sur le parking, les bras croisés, tente d'embrasser la structure d'un seul regard. Il ne sait pourquoi cette sensation d'écrasement et d'homogénéité est plaisante. Devant lui, découpée dans les vitres, l'entrée discrète n'est surmontée d'aucune enseigne, d'aucune marque d'identification, d'aucun nom de géant de l'informatique. Aucune foule ne se presse devant les portes automatiques qui glissent dans un bruit souple, laissant s'échapper un air froid artificiel.

Steve, le guide qui les a accueillis à l'aéroport de Los Angeles en début de semaine et qui les accompagne partout depuis, leur fait signe de se dépêcher. Ils entrent, Steve s'approche du comptoir, tend une enveloppe à l'employé de la sécurité en costume noir et blanc avant de s'adresser au groupe.

— OK guys. Je suis sûr que vous comprenez que ceci est un lieu hautement stratégique. J'ai donc donné une liste de vos noms à notre ami Larry ici présent et je vous demande de lui confier une pièce d'identité pour la durée de notre visite. Vous la récupérerez plus tard. Vous pouvez laisser vos sacs dans les casiers qui sont là.

Il continue en brandissant une feuille A4 fixée sur un porte-document en contreplaqué.

— Il y a une charte, ici, que vous devez signer. Évidemment, pas de photo, pas de vidéos – je ne veux pas retrouver ces lieux sur Instagram dans quelques heures. Oui, les boissons aussi vous les laissez, pas de nourriture ou de liquide à l'intérieur.

Evan s'exécute. Le groupe suit Steve devant une double porte, qu'il ouvre en faisant glisser son badge, puis le long d'un couloir blanc menant à un sas. Steve y introduit un code à six chiffres et pose son pouce sur un scanner. Un dernier mécanisme s'enclenche, ouvrant la porte qui leur permet d'accéder au lieu central.

La salle ressemble à un entrepôt ultramoderne, meublé d'une infinité d'armoires rectangulaires qui constituent un quadrillage sombre et scintillant. Les chemins entre ces armoires forment des sentiers qui s'enfoncent jusqu'à l'horizon, on devine d'autres sentiers qui les croisent perpendiculairement, d'autres couloirs à la structure identique. En levant la tête, on aperçoit des réseaux correspondants de gaines, soutenus par des anses arrimées au plafond, dont dépasse parfois l'ondulation d'un câble. Au sol, des carreaux blancs accentuent la perspective et reflètent les pastilles de lumières vertes qui clignotent sur les machines. Une légère odeur de brûlé flotte dans l'air et un bourdonnement lointain, mais constant, comme le souffle de mille petits réacteurs d'avion, résonne sourdement. Evan a l'impression d'être entré de plain-pied dans un film de science-fiction.

— Ce que vous entendez, ce sont les ventilateurs, commente aussitôt Steve. Ils servent à refroidir le matériel, alors je vais devoir parler fort. C'est ici que se trouvent les données de votre entreprise : ça peut être des bases de données, les mails que vous envoyez, le menu de la cafétéria, ou ce rapport top secret que votre chef a partagé avec vous, tout ce qui existe chez vous est stocké ici. Bien sûr, il y a beaucoup de grandes entreprises – vous n'êtes pas les seuls –, ce qui demande une énorme organisation. Ces boîtes noires ou grises allongées que vous voyez un peu partout et qui sont empilées dans les armoires, ce sont des serveurs. Vous verrez des codes-barres dessus, pour les répertorier. Il y a aussi un code couleur pour les câbles : une couleur peut correspondre à une certaine capacité ou à un certain propriétaire, même si, pour les propriétaires, on utilise plutôt du scotch.

Evan et son groupe regardent autour, en l'air, partout, spectateurs d'un show à plusieurs niveaux de visibilité. La sensation d'être au centre du monde – ce sentiment si souvent galvaudé – les frappe de plein fouet, appuyée par l'évidence matérielle. Ils se trouvent à un carrefour, et je ne vois guère que Kuan, témoin privilégié d'un des plus grands ports de la planète, pour ressentir quelque chose de semblable. Mais écoutons Steve.

— Ce qui permet de faire en sorte que ce soit pas trop le bordel, c'est ceci : une armoire réseau. Il y a différentes tailles pour la hauteur, mais la largeur est fixe, pour pouvoir glisser tous les éléments les uns sur les autres : serveurs, routeurs, tout l'équipement qui constitue un système informatique. Si vous avez déjà monté une armoire IKEA, c'est la même chose. Il y a une largeur standard, un nombre de rayons proposés, mais vous pouvez y glisser d'autres rayons si vous voulez.

Le groupe regarde désormais un de ces sombres caissons, debout sur son flanc le plus étroit, dont je pense à l'instant qu'il possède une parenté intéressante avec le monolithe de *2001, l'Odyssée de l'espace*.

— Vous voyez ces petites lumières ? Quand c'est vert, c'est que tout va bien. Quand c'est rouge – langage universel –, c'est qu'il y a un problème et qu'un ingénieur-réseau ne va sûrement pas tarder à arriver pour voir ce qui se passe.

Evan lève la main tout en prenant la parole, suscitant un rictus chez l'un de ses collègues plus habitué à ce jargon.

— Ingénieur-réseau, c'est le titre des gens qui travaillent ici ?
— Oui, répond Steve. Et ce sont probablement les personnes les plus indispensables

au fonctionnement d'Internet. Ce sont elles qui connectent les différents réseaux les uns avec les autres, qui se rencontrent, se disent « Tiens, tu pourrais me connecter sur ton réseau ? » et s'échangent des câbles. Internet est un réseau de réseaux, comme vous savez.

— Vous voulez dire qu'ils s'échangent des câbles pour de vrai ? C'est une blague ? Ce serait un pouvoir immense...

— Oui, ils s'échangent physiquement des câbles pour créer ou renforcer des connexions. Et oui, je suis d'accord avec vous, c'est dangereux. Ils sont seulement quelques centaines, à l'échelle mondiale, et ils se réunissent deux à trois fois par an. Il ne faudrait pas qu'il se passe quelque chose pendant l'un de leurs colloques.

Evan s'est approché d'une des armoires étincelantes. Il contemple les câbles alignés sous la rangée de lumières vertes et se demande ce qui se passerait s'il tirait sur la petite languette en plastique de la prise Ethernet, déconnectait le câble de sa ligne de lumières. Pas une seule n'est rouge. Ça donne envie d'en débrancher au moins un, pour vérifier ce que dit Steve. Il pense à Oliver, à sa passion du rangement. Il lui a dit un jour que la compréhension d'un système passait par son démantèlement.

Mais Steve semble avoir deviné la tentation d'Evan, ou alors – et c'est probable – elle n'est que légitime dans un tel contexte.

— Tu pourrais le débrancher, oui. Si on est très malchanceux – ou si on se trouvait dans un data center plus petit quelque part dans le monde –, ça pourrait couper Internet à une université, un quartier, ou à un petit pays qui n'a qu'un seul lien avec le reste du réseau, par exemple l'Arménie. Mais ici, avec Google, Facebook, la Silicon Valley, vous pouvez imaginer à quel point la Californie est connectée. Si tu débranches ce câble, les données vont simplement trouver un autre chemin pour voyager. C'est le principe du Web, et ce qui fait qu'il est quasiment indestructible : tout est redondant.

Evan n'a pas compris, mais il s'éloigne des câbles, mal à l'aise. Amusé, Steve continue.

— À propos des câbles, il y en a aussi dans le sol – les carreaux s'enlèvent, voilà, c'est un double plancher amovible – et là-haut, dans ces gaines qui passent au plafond. C'est pour ça qu'on fait ce qu'on appelle du *cable management*. Il y a une manière de gérer les câbles, de les organiser, d'optimiser leur situation, leur longueur, avec qui ils s'enlacent ou pas pour éviter les nœuds.

C'est un job à plein temps ! On a même des gens dont le boulot est de réfléchir à une chose très spécifique : comment stocker mieux ?

Evan n'ose pas poser immédiatement une autre question, alors il est soulagé qu'une de ses collègues du département hardware intervienne.

— Qu'est-ce que vous voulez dire ?

Pour la première fois, Steve a l'air embarrassé, exprimant malgré lui que le sujet est mal venu, la question irrésolue.

— Le refroidissement est un de nos plus gros problèmes. Les serveurs aspirent de l'air froid, et rejettent de l'air chaud, qui s'accumule dans cet espace et qu'il faut donc constamment refroidir. Comme vous le savez, la Californie souffre de sécheresse depuis plusieurs années, donc ce n'est pas exactement l'endroit idéal pour stocker des serveurs. Avec l'augmentation du volume de stockage de données, c'est une question qui intéresse pas mal de gens. Certains plongent leurs serveurs dans des conteneurs d'eau froide – c'est 4 000 fois plus efficace que l'air, on pourrait prendre l'eau du Pacifique par exemple –, mais vous imaginez le problème : les serveurs deviennent moins accessibles.

Un type de la sécurité, au visage rougeaud et sympathique, en profite pour changer de sujet.

— Et qu'en est-il de la sécurité ? Vous nous avez dit à l'entrée que c'était hautement stratégique, et maintenant on imagine ce qui pourrait se produire si quelque chose arrivait à ces serveurs.

— Ici, le seul risque sérieux, ce sont les incendies. Nous avons des sondes de température un peu partout – là, sur le mur derrière vous par exemple : 67 °F – et un système d'alerte incendie attaché au plafond. Pour ce qui est des menaces extérieures – j'entends, un acte de terrorisme ou de piratage – vous l'avez vu : on n'entre pas ici comme dans un moulin ! Et pour ce qui est des données, il y a des back-ups automatiques toutes les 15 minutes et tout est redondant. Ce qui veut dire que tout existe au moins deux fois, le plus souvent trois, dans des lieux géographiques bien distincts.

En récupérant ses affaires dans le casier, Evan ressent un étrange soulagement. Il a l'impression de sortir d'un labyrinthe anonyme à l'écart du monde, où se trouverait pourtant une copie de chaque élément, une sorte de répertoire exhaustif mais illisible. Il a soif de vraie lumière, de lignes irrégulières, d'imperfections. Il jette un œil à son téléphone en franchissant les portes automatiques vers l'extérieur, constate qu'il a reçu un SMS de l'administration fiscale lui confirmant le remboursement d'une partie de ses impôts sur son compte courant. Evan murmure pour lui-même.

— Quoi ?

Il n'a rempli aucune demande de remboursement, mais sourit, se frotte les yeux, relit le message. Peut-être la confrontation avec le réel lui joue-t-elle un tour ? Il se décide à cliquer sur le numéro qui apparaît en fin de message. Une voix traînante lui répond et corrobore le contenu du message.

— L'argent a été versé sur votre compte en début de semaine. Par contre, je ne peux pas vous dire comment la demande de remboursement a été faite, je n'ai pas accès à ces informations.

Evan remercie en balbutiant et raccroche, prêt à sauter de joie. En souriant déjà démesurément, il ouvre l'application de sa banque sur son téléphone, consulte le solde de son compte. Hormis son salaire, aucun argent n'a été crédité récemment. Pas de remboursement des impôts. Pas sur son compte en tout cas.

10.

Le ciel de Mongolie-Intérieure est exceptionnellement bleu. Kuan le contemple depuis le bus qui suit la route bétonnée, langue noire et lisse au milieu des plaines étincelantes de neige. D'ici, quand on est encore à l'extérieur de la ville, on pourrait croire que le paysage gagnera en sublime à mesure qu'on avance. Mais quelques minutes plus tard, Kuan observe les premières fumées sur l'horizon. D'abord une brume blanche, fine et poudreuse, qui ensuite se densifie et s'encrasse. La silhouette de la ville de Baotou se découpe contre le ciel comme sur un écran, rangées d'immeubles identiques et de larges cheminées d'usines crachant des déjections noires. Kuan hésite à tapoter le bras de Lu Pan, à ses côtés, pour lui signaler l'excitation du pays retrouvé, mais il en perçoit l'ironie et retient son geste. Pour la première fois, il constate que ce qui le dérange n'est pas seulement ce qu'il s'attend à voir, n'est pas seulement la conscience de l'horreur, c'est aussi un trouble esthétique. À Baotou, on dirait que deux tendances contraires sont poussées à leurs extrêmes : la pureté de l'harmonie mathématique et ses forces de destruction.

En descendant du bus, Kuan frissonne. Il avait oublié le climat glacial de ces plaines industrielles, le vent sec et âpre, presque sucré, qui soulève son veston en soie. Il sort deux parkas neuves d'un énorme sac en plastique qui sent encore le duty free de l'aéroport. Il aide Lu Pan à l'enfiler, lui qui a laissé tomber ses écouteurs et regarde hébété autour de lui. La place devant la station est presque vide. Les fumerolles aux mille nuances de gris se réverbèrent dans le bâtiment miroitant de la gare, semblable à toutes les grandes gares chinoises et à certains data centers, multipliant l'alternance de lignes et de courbes, d'ordre et d'anarchie. Les quelques silhouettes avancent courbées par le vent. Kuan se dit qu'il est paradoxal qu'elles ne portent pas de masques antipollution, devenus accessoires de mode à Singapour.

Ils ont dû passer par les centres pour atteindre la périphérie, utiliser le réseau existant pour s'en éloigner. Depuis le port de Singapour, il était facile de rejoindre l'aéroport, de transiter par Shanghai ou Pékin, continuer par le bus jusqu'au centre de Baotou. Il est plus difficile d'effectuer la dernière partie du trajet, de trouver un taxi qui accepte de les amener en banlieue, là où ce n'est plus aligné ni bétonné, là où on vit dans la terre, l'eau et le vent. Au fait, quand je dis « terre, eau et vent », ça pourrait donner envie, ça pourrait évoquer une nature brute, épurée, intouchée, qui répondrait à un besoin d'essentiel. Mais soyons clairs. Ce n'est pas du tout ça.

Ce qui rattache encore Kuan à Baotou est le souvenir de Meï, que les lieux et leurs habitants ravivent. Quand ils voient Kuan arriver, les frères et les cousins de Meï enlèvent leurs casquettes et leurs gilets terreux, s'épanchent en sourires et en exclamations reconnaissantes devant les cadeaux qu'il rapporte avec lui. Aujourd'hui, le soleil filtre à travers la fumée et fait miroiter les flaques de glace dans les rues de terre. La grand-mère de Meï attrape Lu Pan par la manche, l'attire à lui pour qu'il s'assoie à ses côtés. L'un des cousins sert le thé, taquine Lu Pan qui a de la peine à comprendre son mandarin balbutiant. On déballe les cadeaux, des smartphones et des batteries de rechange, du genre de celles qui se vendent en masse dans les gares chinoises avant les longs trajets.

Kuan ignore encore que les matières qui les fabriquent sont extraites ici, à Baotou, et qu'il n'a fait que les rapporter, modifiées, à leur point de départ. Kuan, les conteneurs, les composants de téléphone portable : la liste des éléments qui empruntent le même itinéraire s'allonge.

Pendant la semaine du Nouvel An chinois, les activités ralentissent. La fumée des usines ne faiblit pas, mais les gens sont chez eux, en famille. Lu Pan n'a aucun souvenir des lieux de son enfance et Kuan tient à les lui rappeler, alors ils profitent du temps entre deux visites pour emprunter un taxi et parcourir la région. Lu Pan était trop petit quand il est parti, mais ce mélange de crasse et de lumière semble l'adoucir. Il parle à peine, écoute, ouvre les yeux, ne se plaint pas. Pense-t-il au papier peint de carpes koï qu'il a recouvert d'ordures dans sa chambre ? Pense-t-il aux blocs de terre qu'il utilise dans son jeu pour construire des maisons semblables à ces taudis ?

Lors d'un de ces déplacements, la voiture dépasse un petit groupe de personnes arrêtées au bord d'un étrange lac noir, vêtues de gants et de bonnets aux couleurs identiques – des Occidentaux, ce n'est pas si fréquent dans la région. Certains soulèvent d'épais bidons en plastique, d'autres fixent avec des jumelles l'étendue sombre et indéfinissable qui les sépare des cheminées d'usine. Lu Pan tourne exagérément la tête pour contempler la scène par la fenêtre.

— C'est quoi ?

Kuan fait signe au taxi de s'arrêter et de les attendre. Ils remontent la fermeture éclair de leurs parkas jusqu'au nez, dans ce mélange étrange de froid et de vapeurs âcres, tièdes, qui piquent la gorge. Perpendiculairement à la route émergent de longs tuyaux horizontaux qui se dirigent vers le lac, soutenus par des tiges métalliques. L'embouchure de chaque tuyau est ouverte et crache un liquide mordoré, qui se déverse dans ce lac à la fois noir, blanc, brun, violet, or, argent, cuivre. Sur l'autre rive, une digue souligne l'horizon, taillé de cheminées aux contours plus ou moins flous. Dans cet arrière-plan, une activité intense s'établit dans les nuages alors qu'au premier plan, ce lac immobile, ce lac sans eau, semble n'être qu'une manifestation énigmatique. Un homme s'est détaché du groupe occidental et s'approche du lac, dont il photographie la boue visqueuse sous tous les angles. L'interprète qui l'accompagne le prévient en anglais.

— Soyez prudent.

Lu Pan, qui s'est également rapproché du lac, interroge à la fois l'homme et son interprète.

— Pourquoi ? Qu'est-ce que c'est ?

L'homme occidental s'appelle Samuel, c'est l'irrésistible collègue de Birgit dont il a déjà été question, l'homme qui n'est pas sur les réseaux – ce qui rend Birgit complètement folle. Il se présente à Kuan et Lu Pan, qui comprend mieux l'anglais que son père, habitué à communiquer avec le monde entier depuis sa chambre. Samuel est intrigué. Ce jeune homme au regard curieux et inquiet, ce jeune homme en parka neuve qui trahit son inexpérience des lieux, retient son attention. Il reprend.

— C'est un lac toxique. Mieux vaut ne pas s'en approcher de trop près.

Samuel dévisage Kuan, qui s'avance vers lui mais ne dit rien. C'est Lu Pan qui continue.

— Toxique… Pourquoi ?

— Ça, ce sont les déchets des matières premières qui sont extraites dans la région. On ne sait pas quoi en faire, alors on les jette ici.

Samuel, Lu Pan et Kuan se taisent. À ce stade de la conversation, chacun d'entre eux pourrait faire un monologue, nourrir de ses connaissances spécifiques ce lac noir qui les réunit. Leurs commentaires flotteraient comme des effluves érudits au-dessus du lac, comme la légende d'un graphique en trois couleurs, le rouge des matières premières pour Samuel, le jaune de leur transport pour Kuan, le bleu du matériel informatique pour Lu Pan. Kuan compare mentalement le lac à un miroir, Lu Pan à l'écran éteint d'un ordinateur, et ces deux images font sens. Lac toxique noir de Baotou, miroir du monde et concentré de high-tech.

Samuel est le seul à connaître l'existence de FLIN et de ses cousins, qui, dans la région de Baotou, sont peu nombreux, étroits, fragiles, ankylosés dans le sol aride. Il l'a constaté dès son arrivée, soupirant devant la lenteur du wifi de l'hôtel, tâchant de compenser par la réflexion. Comment se fait-il que la région soit si peu connectée alors que la plupart des matériaux qui constituent Internet – le germanium des fibres optiques, l'indium des écrans tactiles – viennent d'ici ? Si l'adolescent à ses côtés lui posait la question, Samuel lui parlerait probablement des terres rares. Comme il le fait dans les colloques où il croise cette Birgit qu'il trouve sympathique, il préciserait qu'elles ne sont pas si rares, mais qu'elles sont difficiles à localiser en grande quantité, puis à isoler chimiquement, et que leur processus d'extraction est très polluant. Il ne sait pas ce que représente Baotou pour ce garçon trop bien habillé pour y habiter, mais il conclurait, quand même, sur la spécificité phénoménale de la région : ici, les terres rares sont presque toutes présentes et couvrent la moitié des besoins de la planète.

Mais Samuel se tait, il ne peut pas s'exprimer sur le sujet. Ce pays, il n'y vit pas, et le système qu'il contribue à dénoncer l'a vu naître du bon côté. Ce discours, les données qu'il récoltera une fois le liquide contenu dans le bidon analysé, c'est aux géants de la high-tech qu'il le réserve. Le lac noir, ferment des ordinateurs et des smartphones mais aussi des panneaux solaires et des voitures hybrides, bouillonne doucement devant eux comme le cratère magmatique d'un volcan insomniaque.

Ce n'est donc pas maintenant que Lu Pan apprendra le nom et l'usage de ces terres rares, qu'il fera le lien avec le condensateur en tantale qui permet de stocker les données dans son téléphone, même quand celui-ci est déchargé. Il n'est pas non plus temps pour Kuan de comprendre l'importance stratégique de ce lieu dans l'industrie mondiale, de reconnaître les conteneurs qui ici se remplissent, descendent par rail puis par fleuve jusqu'au port de Yangshan, où les océans leur ouvrent le circuit de la planète. Il ne fait pas non plus le lien avec la maladie de Meï, mais il pense à elle et son image l'ébranle physiquement, comme un rappel de son propre corps, du fait qu'il est vivant, qu'il se tient debout dans le froid irrespirable de ces plaines chinoises. Kuan et Lu Pan ne font pas encore les liens, mais quelque chose s'est ouvert, la bouche béante d'une interrogation, le pendant obscur d'un fonctionnement, sous la forme du souvenir d'un lac.

Les collègues de Samuel lui font signe de monter dans le bus, et il tend une carte de visite à Kuan.

— Je fais partie d'une ONG qui s'inquiète pour les habitants de cette région, pour la santé et les conditions de travail. J'imagine que vous n'êtes pas là par hasard, alors…

Il semble hésiter avant de continuer, un pas déjà en arrière vers le bus qui l'attend.

— Ça ne risque pas de s'arrêter. Le rythme effréné de la production est alarmant, les gens agissent comme si les ressources étaient illimitées. À croire qu'il faudrait une rupture d'approvisionnement dans les usines de Baotou pour leur faire comprendre que leurs joujoux technologiques viennent d'ici.

De l'autre côté du lac, un train de marchandises s'avance sur la digue dans un bruit fracassant, couvrant les derniers mots de Samuel qui s'éloigne en saluant de la main. Lu Pan et Kuan restent immobiles, scrutent l'horizon à travers la brume empoisonnée, distinguent le train à l'arrêt incliner ses wagons sur le côté. S'en échappe un magma incandescent qui ruisselle le long de la digue, atteint le lac, crée un nuage de vapeur noire au contact de la surface. Le liquide s'écoule pendant une longue minute accompagnée d'un crépitement aérien. Kuan glisse la carte de visite de Samuel dans la poche de la parka.

11.

C'est une plage californienne, sable beige à perte de vue et petites falaises déchiquetées. Il arrive que la largeur de la plage gonfle en champ de dunes et de broussailles, où l'on aménage alors des chemins balisés nommés *sentier de la plage*. C'est là que se tient Evan pour son dernier jour de formation, sur cette piste de randonnée aride entre San Luis Obispo et Grover Beach. La main en visière sur des lunettes de soleil noires. Le vent pacifique fouette son visage tacheté de rousseur.

Il me marche dessus, d'une certaine façon. Car quand je pense aux câbles apparentés à FLIN, je me dis que je suis aussi dans le câble, que je suis ce que je produis, ce que je stocke, ce que je décide de révéler de moi-même et de communiquer au monde. Autant de raisons qui font que je suis certainement déjà passée dans ces câbles sous les pieds d'Evan. Des deux côtés du chemin, des petits panneaux orange indiquent qu'il est interdit de creuser le sol. La voix de Steve, fatiguée de s'égosiller pour couvrir le bruit des machines, se fait ésotérique.

— Internet n'est pas un esprit, il a besoin d'un corps. Nous avons en quelque sorte disséqué mentalement ce corps toute la semaine, mais là, nous sommes en train de parcourir le chemin d'Internet, au sens propre. Sous ce sentier, sous la terre, il y a les câbles qui contiennent nos données et qui vont se jeter dans le Pacifique, là, devant vous… Vous voyez ce bâtiment sur votre droite ?

Evan et ses collègues lèvent les yeux. Chacun y va de sa supposition.

— Il y a un grillage. C'est une propriété privée ?
— On dirait des dispositifs antichars, non ? C'est une zone de l'armée ?
— C'est une des stations de télécommunication nationales, et c'est aussi là qu'aboutissent trois des câbles qui relient les États-Unis à l'Asie, en passant par le fond du Pacifique. Il n'y a pas de panneau, pour ne pas attirer les curieux, mais si vous regardez les bouches d'égout alentour, elles portent le même nom que votre opérateur téléphonique.

Steve est las. Il assène une dernière fois quelques chiffres qui lui viennent à l'esprit, leur montre encore des grillages et des câbles, des traces d'Internet dont ils ont « symboliquement fait le tour », comme Steve se plaît à le dire. Il propose ensuite de conclure cette semaine par un apéritif au bar de l'hôtel – décidément, il s'en passe des choses, dans ces bars d'hôtel. Evan voudrait les accompagner, mais sa tête bourdonne. Depuis le téléphone avec les impôts, les problèmes n'ont fait que se multiplier, et confirmer ce qu'il craignait : lors du piratage de l'entreprise, son numéro de sécurité sociale faisait partie des informations dérobées, permettant à l'acquéreur de ce numéro d'effectuer toutes sortes de démarches importantes en son nom. Il se bat désormais contre des services financiers qui assurent qu'il a souscrit des prêts hypothécaires dans tout le pays. Pas étonnant que la migraine pointe. Il laisse ses collègues à leurs tequilas glacées et rejoint sa chambre, dont le petit balcon blanc fait face au plus grand océan du monde. Mais ce n'est pas ce que voit Evan. Il songe qu'il a sous les yeux des câbles Internet remplis de conversations, de tchats, de tweets et de fichiers Dropbox qui vont se fondre sous le sable et voyager plusieurs fois autour de la Terre en moins de temps qu'il ne lui en faut pour formuler cette pensée.

Il a convenu d'un dernier Skype avec June et Oliver avant qu'ils se retrouvent tous les trois à la maison demain. La mélodie électronique si facilement reconnaissable tire Evan de sa rêverie océanique, mais accentue son mal de tête. N'y a-t-il pas moyen de paramétrer cette chose ? Le visage d'Oliver apparaît dans leur appartement de Portland et l'interpelle immédiatement.

— Hey, Ev' ! Ça va ?
— Non.

Evan devine qu'Oliver est assis dans le salon et la petite lampe d'angle, qui éclaire son air distrait, donne à son visage un grain étrangement sensuel. Avant qu'Oliver ait le temps de répondre, Evan ne peut s'empêcher de commenter.

— Tu es beau.
— Malgré ma tête pixellisée ?
— Oui, les pixels te vont bien. Moi j'ai un mal de crâne de chien, j'ai vraiment envie de rentrer, de vous retrouver.

June rejoint la conversation à cet instant. Sa chambre à elle – un Airbnb loué à Brooklyn – se situe exactement entre leurs deux atmosphères, entre la chambre lumineuse d'Evan et leur appartement feutré de Portland.

— Hey, *sweeties* !
— Comment était ta journée ?

Ils ont parlé en même temps, en rient quelques secondes, puis laissent la place à June, qui soupire.

— Pas terrible. Mais j'ai réussi à me faire des clients pendant le colloque. Je sais pas comment c'est possible, j'ai simplement commencé à discuter avec mes voisines, elles se sont intéressées à ce que je fais, et voilà !
— Nous on sait, plaisante Evan.
— Ça ne m'étonne pas vraiment, renchérit Oliver.

June est déçue par son colloque sur l'entrepreneuriat, mais transportée par le plaisir de retrouver New York où elle a fait ses études. Elle dit qu'elle ira demain dans les librairies, qu'elle rejoindra peut-être de vieux amis, elle aura une journée entière de libre avant de reprendre l'avion dimanche pour Portland. À la joie contagieuse de June, la migraine d'Evan s'est dissipée, laissant place, comme un brouillard qui se lève, aux informations reçues les derniers jours. Il se replonge dans leur enthousiasme collectif, dans cette impression qu'ils ont parfois de vivre trois vies en une, et se projette à New York comme s'il y était.

— Tu pourrais aller voir le 60 Hudson Street !

— Pourquoi ? interrompt Oliver. Qu'est-ce qu'il y a au 60 Hudson Street ?

— C'est un endroit comme j'en ai visité cette semaine, mais en beaucoup plus important. Ils nous ont dit plusieurs fois qu'Internet n'a pas de centre, mais il y a quand même quatre ou cinq lieux dans le monde qui sont plus centraux que d'autres. Tu fais comme tu veux, mais moi maintenant, si j'étais à New York, j'aurais envie de voir ça.

June ne répond pas, mais jette à Evan un regard pensif avant de se tourner virtuellement vers Oliver.

— Et toi, Olie, ça va ?

— On te manque ? enchaîne Evan.

Oliver rit de cette presque simultanéité qui leur arrive souvent et prend un air solennel.

— Vous me manquez mais... j'ai commencé un jeu vidéo.

June se fige dans une mimique effarouchée.

— Cette phrase !

— C'est quel jeu, Olie ? continue Evan.

— Vous vous souvenez des deux ados pendant le vernissage ? Elles parlaient de recréer ce monde de cargos et de conteneurs avec des cubes, j'ai un peu parlé avec elles…

Oui, Evan et June se rappellent.

— Elles m'ont conseillé un tutoriel sur YouTube, un ado de Singapour qui explique comment jouer. J'ai été voir, juste par curiosité, je me suis dit que ça ne coûtait rien. J'ai commencé quand vous êtes partis et je suis bluffé. C'est un jeu hallucinant.

12.

Matteo s'immerge. Le poids des bouteilles de plongée appuyées contre ses lombaires soudain s'annule. Par habitude, ses jambes se mettent en route, nouveau rythme qui n'est plus celui de la marche, mais d'un élan marin : avancer la cuisse, dérouler le mouvement jusqu'au genou, mollet, cheville, orteils, palme, créer une ondulation en alternance avec l'autre jambe. Déjà l'eau subrepticement s'infiltre, pénètre la combinaison, la traverse comme une peau et vient glisser contre le corps de Matteo. Il la sent douce, presque sirupeuse. Il songe qu'il se passerait volontiers de cette combinaison, mais les coraux jaunes et tranchants, quelques mètres plus bas, lui rappellent sa raison d'être.

Peut-être parce que l'eau se glisse dans sa combinaison comme les doigts délicats d'un être organique, Matteo pense à Pénélope.

Le jour où il est arrivé à Singapour, elle venait d'avoir sa réunion hebdomadaire avec son employeur. Une femme des ressources humaines – qui l'avait beaucoup énervée, mais elle ne le lui avait pas dit, elle est comme ça, Pénélope – lui avait annoncé qu'elle devrait désormais travailler avec les autres programmeurs dans les locaux de l'entreprise, en open space, pour des raisons de sécurité. Matteo se demande si la compagnie dispose d'un médecin, qui aurait lu le dossier de Pénélope et saurait à quoi il la condamne, la phobie sociale, les crises d'angoisse, le partage quotidien d'un espace avec des quasi-inconnus que le psychiatre, il y a quelques années, avait pourtant déconseillés. Depuis cette annonce, pendant leurs échanges Skype, Pénélope n'a pas l'air bien. Elle le dissimule derrière toutes ces petites choses qu'elle réalise de plus en plus méthodiquement : coder, manger à heures fixes, faire du yoga, se rendre sur des sites ou des forums médicaux. Ils ont convenu de se retrouver à Londres dès son retour et de profiter de quelques jours de vacances en Cornouailles – Matteo imagine qu'ils en parleront à ce moment-là, va-t-elle supporter ce déménagement professionnel, va-t-elle aller de l'avant ? Il regarde l'eau trouble devant lui. À Singapour, les plongeurs disent que c'est « l'eau du thé », tant la visibilité est réduite. Ici, à Batam, en Indonésie, à quelques dizaines de kilomètres seulement du port de Singapour, la turbidité commence à peine à s'estomper. « Open space », drôle d'expression quand même. Les gens lui envient sa liberté, imaginent qu'il passe ses journées à déambuler dans l'eau turquoise et à taquiner des poissons multicolores. En réalité, il gagne sa vie comme tout le monde, dans des espaces fermés.

Cette opacité rend la manœuvre d'aujourd'hui inconfortable. Des bouées blanches flottent au-dessus de Matteo, à la surface, soutenant le câble que l'équipe a pour mission d'enfouir au fond de l'eau. Comme pour les grandes profondeurs, les bouées indiquent un trajet qui a été minutieusement défini, entre le bateau et le rivage. Chaque bouée est attachée au câble par une cordelette, qui le retient à quelques centimètres sous la surface de l'eau. Matteo avance, les sectionne l'une après l'autre. Le câble tombe petit à petit sur le sol sablonneux, ça fait un petit nuage crémeux au fond de l'eau et une grosse bulle à la surface. Le nom de la compagnie de télécommunication, inscrit en relief sur la gaine extérieure du câble, atterrit ainsi au fond de l'océan, sur les algues géantes qu'il écrase. Une ophiure profite de la mobilité de ses cinq bras pour déguerpir. Un crabe porcelaine, ignorant le vecteur d'information stratégique qui vient de se poser à ses côtés, l'enjambe en claquant des pinces.

Chaque jour, Matteo en apprend davantage sur le projet : installer un câble sous-marin entre l'Indonésie et la Chine, établir une connexion en festons, c'est-à-dire rebondir d'une côte à l'autre plutôt que de traverser les grands fonds, en passant par le détroit de Singapour, la Malaisie, le Vietnam, les Philippines et ces fameuses îles Paracels en mer de Chine méridionale, sujettes à différentes revendications territoriales. Sur ce dernier point, c'est Chang Ming, un ouvrier singapourien d'origine chinoise plutôt bavard, qui lui a soufflé que le câble traverserait une zone très importante pour la Chine. À Batam, toutes les bouées ont été larguées, et le câble repose désormais au fond de l'eau. Matteo replonge pour la suite des opérations : deux jours d'ensouillage, deux jours à aspirer le sable sous le câble afin de l'enfouir dans le sol, dans un sillon à ses dimensions. Dans les grandes profondeurs, c'est un robot qui effectue cette opération, du genre de ceux qu'on envoie sur Mars. Mais ici, il faut la sensibilité d'un humain pour guider le câble jusqu'au rivage, éloigner les pieuvres de récif et les crevettes tigrées.

Il y a encore une année, Matteo ignorait que de telles opérations existaient, ignorait aussi que les compagnies de télécommunication embauchaient des plongeurs comme lui. L'idée avait surgi lors d'une fête de célébration de son dernier diplôme de plongée, à Koh Tao en Thaïlande. C'était une de ces soirées rares qui créent un souvenir parfaitement circonscrit dans le temps. Ils avaient fait un feu sur la plage. Ils avaient bu et chanté. Même Pénélope était présente et elle était bien, elle riait, elle engageait facilement la conversation, elle avait ce regard brillant de charme qu'il lui avait connu au début et que venaient trop souvent masquer ses angoisses. Quelqu'un autour du feu avait lancé une idée.

— *Man*, si tu veux absolument plonger pour vivre…

— … ou vivre pour plonger, avait interrompu Pénélope en rigolant.

— … il y a les compagnies de télécoms !

Pénélope n'avait pas voulu rentrer dormir au bungalow, l'avait attiré sur une portion de plage déserte pour faire l'amour comme dans les films, nus sur le sable, dans l'obscurité humide et le clapotis des vagues. Ils avaient vite remarqué que le sable collait à leur peau et provoquait de petits agglomérats irritants, sans compter la colonie de crabes translucides qu'ils semblaient déranger. Ils étaient rentrés au bungalow, riant d'eux-mêmes et de leurs aspirations romantiques. Cette nuit-là, malgré les feuilles de palmier protectrices au-dessus du matelas moelleux, Matteo sentait les embruns se mêler à leurs sueurs et avait eu l'impression, plus encore qu'en plongeant, qu'ils étaient brutalement unis à la réalité physique du monde.

À cause de la végétation et de l'opacité de l'eau, Matteo discerne à peine un petit requin, qui semble blessé, mais disparaît dans la vase. De retour à bord du câblier, il le mentionne à Luis, un vieux plongeur mexicain qui a passé des années à badger des requins pour une ONG américaine. Luis ne s'en étonne pas.

— Il y a pas mal de pêche illégale dans la région. Souvent, les pêcheurs les tuent directement – je crois que leurs foies sont utilisés en cosmétique ou quelque chose comme ça – mais parfois, ils leur coupent juste les ailerons – ça vaut cher sur le marché chinois. Ensuite, ils les remettent à l'cau.

— C'est ce que vous faisiez avec ton ONG ? Vous les protégiez ?

— Non. Nous, on leur mettait une puce pour suivre leurs déplacements et récolter des données. On leur donnait des noms, on leur construisait une histoire. Certains avaient même un compte Twitter !

Matteo est resté figé à la pensée de vieilles femmes s'étalant du foie de requin sur le visage. Il s'appuie au bastingage et regarde dans le vide.

— Si ça t'intéresse, je pourrais leur parler de toi, reprend Luis. Par contre, ce sont des missions courtes. Faut pas espérer le salaire ou la durée de contrat que tu peux obtenir sur un câblier comme celui-ci.

Matteo est pensif. Il n'a pas encore dit à Pénélope que la compagnie lui a proposé une prolongation de contrat généreuse, mais qui les forcerait à vivre séparés la majeure partie de l'année. Alors qu'elle voit sa liberté de travail restreinte en rejoignant un bureau physique qui met à l'épreuve sa santé, il accumule les offres qui lui permettraient de vivre sur la route. Il aimerait convaincre Pénélope qu'elle pourrait quitter son job, partir avec lui. Il plongerait pour enfouir des câbles ou badger des requins. Elle vivrait de mandats à distance, comme cette Andrea qui était à l'école primaire avec lui, dont il a retrouvé la trace sur Facebook et qui travaille aujourd'hui comme indépendante, postant des photos léchées de lieux paradisiaques sur les réseaux sociaux. Pénélope aussi pourrait travailler sur la route, ou alors se consacrer à ce roman sur la Corée dont elle parle depuis des années, ou même y retourner, dans ce pays qui l'a vue naître. Oui, à eux deux ils pourraient vivre cette vie rêvée, connecter le monde et s'y plonger.

13.

La réunion prend fin à l'américaine, sur un hug plutôt qu'une poignée de main. Birgit descend les marches étroites et se retrouve dans une ruelle pavée du Meatpacking District. Elle pense avec amertume à son propre cynisme : les trois jeunes New-Yorkais qu'elle vient de rencontrer, créateurs d'une start-up de *fair computers* hautement exigeante en matière de conditions sociales et environnementales d'extraction des minerais, ne rencontreront qu'un succès local si aucun des « grands » ne monte dans la barque. Elle marche dans la rue calme, a de la peine à croire qu'elle se trouve à New York, tant ces anciens entrepôts industriels en briques rouges lui rappellent certains quartiers d'Europe du Nord. Sans cette ambiance si spécifiquement new-yorkaise – ces jeunes filles en débardeurs vintage et bonnets de laine, qui instagramment devant le mur en briques avec un *pumpkin chai latte* à la main –, elle aurait l'impression d'être chez elle.

Elle atteint Hudson Street, où le trafic se densifie. Il est à peine 16 heures et elle n'a pas de rendez-vous avant le lendemain. Dans sa poche, l'application de dating vibre de toutes parts – on cherche l'amour dans ce quartier. Birgit est là, bien trop là, au centre de tous les réseaux, routiers, numériques, amoureux. Dans sa liste de conversations, elle clique sur Samuel, constate qu'il n'est plus en ligne depuis une quinzaine d'heures. Elle se demande où il se trouve à cet instant, s'émeut que leurs rencontres aient souvent lieu à l'improviste, dans une nouvelle ville. S'ils étaient amants, elle pourrait dire qu'ils s'aiment dans tous les pays du monde, ça sonnerait kitsch, mais ça lui plairait, juste de pouvoir dire ça, l'amour avec un même homme, partout.

Quand Birgit lit le nom d'« Hudson Street », elle l'associe aussitôt au numéro 60, qu'elle désigne dans toutes ses conférences comme un exemple de centre dans cet univers décentralisé qu'est Internet. Elle tourne la tête vers les deux extrémités de la route, n'en revient jamais de ces immenses sensations d'espace en plein Manhattan. À droite, c'est l'Hudson River et le New Jersey, au bout de la rue, le Lower Manhattan et Tribeca, mais en regardant droit devant elle, Birgit ne voit rien, rien que l'infini qui s'étale au fond d'un boulevard. Elle se trouve face au numéro 600. Elle décide d'éteindre son téléphone et de remonter la rue à pied.

Les voitures et les panneaux sont jaunes, de ce jaune américain qu'on voit partout, des tracés de signalisation routière aux logos – NYPD, UPS, US Air Force. Des escaliers de secours grimpent le long des immeubles, il y a beaucoup de travaux et d'échafaudages, beaucoup de taxis, de camionnettes de banque et de fourgons de police. Tous utilisent ce jaune. Les véhicules de livraison. Les bus scolaires. Le froid oblige Birgit à avancer rapidement pour se réchauffer et elle passe devant un café où un homme et une femme, de part et d'autre d'une table en bois accolée à la fenêtre, sont penchés l'un vers l'autre. Ça lui rappelle sa première rencontre avec Samuel, ce moment où elle a eu l'impression que l'univers tanguait, que deux sphères disjointes se superposaient en crissant, comme s'il n'aurait jamais dû en être ainsi, ou comme s'il aurait toujours dû en être ainsi mais que l'assemblage était difficile. Ils se connaissaient de réputation, puisqu'ils dirigeaient des organisations aux buts similaires, ils n'avaient trouvé que le bar d'un petit hôtel de banlieue pour se rencontrer, c'était un dimanche. D'emblée il y avait eu quelque chose chez Samuel qui dérangeait Birgit, quelque chose qu'elle n'arrivait pas à identifier. Au bout de 30 minutes de conversation, elle a compris : Samuel est beau, d'une beauté objective et insolente. Elle a ri à voix haute de cette découverte soudaine, elle ne sait plus comment elle l'a justifié.

Les bâtiments deviennent de moins en moins rouges, de plus en plus récents. Les cafés aux noms italiens et français laissent place à un ciment beige massif découpé de vitres teintées qu'elle ne connaît que trop bien : des bureaux, récemment investis ou à louer de suite. Au bord de la route, une piste cyclable étroite, à moitié recouverte de neige noirâtre, se devine en lignes vertes. Le vert, sa connotation écologique encore. Lors d'une autre première rencontre – par visioconférence cette fois – Andrea a cru que le nom de la fondation Green Web faisait référence à un réseau de transports. Birgit a ri et reconnu l'ambiguïté du slogan. Andrea et elle se sont rapidement liées d'amitié, ont prévu de se rencontrer physiquement le plus tôt possible, par exemple à Bangkok, quand Birgit prendrait des vacances, puisque Andrea s'y trouve souvent. Mais Birgit a annulé son voyage et leur première rencontre est, depuis, perpétuellement repoussée.

Birgit essaie de se concentrer sur sa promenade, de ne pas penser à autre chose qu'au présent, au mouvement de ses pas qui frappent le trottoir, aux réverbérations de la lumière, à l'architecture qui évolue, s'élève et se rigidifie en descendant la rue. Mais Samuel – c'est fréquent – envahit ses rares instants de liberté mentale. Comme elle, il est célibataire et tient à le rester. Pourtant, il arrive qu'ils se retrouvent accoudés à ces bars d'hôtels lors d'un colloque, épaule contre épaule jusqu'à la fermeture, qu'ils parlent de leur travail, mais aussi de cette zone intime de l'existence qui concerne leur vision du monde, leur rapport aux autres et à eux-mêmes. Il arrive que leurs yeux brillent et se détournent et Birgit réalise alors leur proximité physique, l'air qui se densifie entre eux. Birgit entend d'ici la remarque d'Andrea, un jour où elle venait de mentionner Samuel pour la énième fois lors d'un de leurs tchats sur Facebook :

T'es complètement dingue de ce type.

Derrière son ordinateur, Birgit a senti son cœur s'accélérer, mais elle a coupé court aux insinuations de son amie en écrivant :

Je crois que je suis un peu trop vieille pour être amoureuse d'une seule personne.

Quand elle atteint le numéro 60, Birgit souhaiterait que Samuel soit avec elle. Elle s'imagine lui raconter ce moment, cette vision. Elle n'en revient pas de n'avoir jamais remarqué le bâtiment, qui est aussi fait de briques rouges, même si celles-ci sont soigneusement entretenues. Les trente étages vont vers le ciel en rétrécissant, variant de formes et d'angles, comme si on avait ajouté sur le dessus quelques petites pièces de Lego dont on ne savait que faire. Dire que l'ensemble fait penser à une tour de Babel semble un peu évident, puisque toutes les données et les langues du monde y cohabitent. Tout comme le data center récemment visité par Evan, le bâtiment ne porte aucune inscription, aucun signe qui attesterait que se nouent ici les fils d'un réseau planétaire. Birgit n'en est pas étonnée, s'approche des portes à battants dorées, les fixe aussi longtemps que possible tout en restant discrète. À l'angle de la rue, elle regarde encore derrière elle quand un passant pressé la bouscule. Le sac qu'elle portait sous le bras tombe au sol, sur la grille d'aération qui fait le reste, répand les feuilles sur le trottoir, en un brassage désordonné. Un schéma du 60 Hudson Street gît désormais au pied du 60 Hudson Street.

14.

June porte le téléphone dans sa main droite, elle a glissé l'autre dans la poche de son jeans. Elle sourit. La lumière qui descend sur les allées new-yorkaises se réverbère sur les gratte-ciel et tisse, comme au laser, une toile dorée dans la longueur des rues. June tient des propos scandalisés mais rieurs à Oliver qui se trouve à l'autre bout du fil.

— Olie ! Arrête de rire ! Tu te rends compte comme c'est grave ? On présente ça comme un colloque de pointe sur l'entrepreneuriat, mais j'ai entendu les mêmes conneries pendant une semaine ! Transformez vos échecs en réussites ! Soyez vous-mêmes, mais diversifiez-vous. Vous n'avez pas besoin d'être superwoman, mais soyez uniques. Fixez-vous des objectifs réalistes, continuez à apprendre, bloguez, partagez… Ça donne envie de faire exactement l'inverse ! Et si « être moi-même » ça veut dire travailler deux heures par jour et regarder des séries le reste du temps ? Et si c'est pas mon truc de partager ma vie avec toute la blogosphère parce que j'ai des amis et des amoureux qui me suffisent ?

Quand June s'emporte sur un sujet qui lui tient à cœur, elle commence par en rire, mais Oliver sait que cela la touche profondément, que bientôt elle aura la gorge qui se serre et des larmes dans la voix. Elle se rendra compte qu'elle n'est pas en train de faire du sarcasme par principe, mais qu'elle bouillonne d'une rage immense. Oliver l'écoute, conscient qu'ils partagent cette colère contenue qu'il faut savoir épancher et mettre en forme. June lui a dit un jour qu'il faisait l'effet d'un mur insonorisé, récoltant toutes sortes de peines pour les faire disparaître sans condition – ce qui est positif, avait-elle précisé. Elle a arrêté de crier et continue d'une voix douce.

— J'avais besoin d'en parler. Maintenant c'est fait. Maintenant tu peux me raconter ton histoire de cartes…

Nous savons déjà qu'Oliver a un certain goût pour l'ordre et pour les connaissances insolites. Après tout, il a choisi un obscur photographe panaméen pour exposer ses photos de porte-conteneurs dans son café-librairie portlandais, il a avoué être un ancien fan de Tetris et vient de commencer un nouveau jeu vidéo sur la simple suggestion de deux adolescentes anonymes. Depuis qu'il s'est penché sur le commerce maritime, il cherche donc les moyens d'en savoir plus, de situer les trajets des cargos ou la provenance des matières transportées par exemple.

— Je t'envoie l'adresse de la librairie par WhatsApp. A priori c'est une librairie qui vend des cartes anciennes, mais peut-être qu'ils en ont de plus modernes aussi ? Tu peux regarder ce qu'ils ont, mais envoie-moi une photo avant d'acheter quoi que ce soit.

Arrivée dans la librairie de six étages, June fouille dans les bacs, rabattant vers elle les cartes collées sur d'épais supports en carton. Quand elle a fini un bac, elle passe au suivant, navigue entre les oléoducs asiatiques et le réseau des eaux usées de l'ancienne Manhattan. Sur le commerce maritime, elle ne trouve rien, si ce n'est une carte des courants marins et une autre de la traite des esclaves. Elle se tourne vers le présentoir à cartes postales, où l'une d'elles présente un graphique qui répartit les « Métaux critiques » en fonction de deux critères : leur importance dans l'industrie mondiale et le risque d'une rupture de stock. Dans une zone colorée en haut à droite, elle lit le nom des métaux les plus menacés : tungstène, niobium, magnésite, antimoine, terres rares. Elle achète la carte sans appeler Oliver, pensant que ça lui fera un souvenir. Sur le même présentoir, une image qui ressemble à un réseau de neurones ou à un feu d'artifice matérialise les connexions Internet quotidiennes sur l'ensemble de la planète. Elle achète aussi la carte, pour Evan.

Il fait presque nuit, mais elle a envie de marcher. Elle descend Park Avenue, bifurque sur 42nd Street puis 5th Avenue au niveau de la gare centrale, pour apercevoir la Public Library et ses arbres courbés recouverts de couleurs d'un autre siècle. La neige qui brunit dans le reste de la ville demeure pétrifiée dans les parcs, comme une image en noir et blanc, comme la ville de Baotou dont New York pourrait être le pendant. Quand June vivait à New York, elle avait trouvé son premier emploi dès la fin de ses études, un poste de chimiste dans une grande entreprise de cosmétiques. Cela avait duré six ans, avant qu'elle se rende compte qu'elle étouffait. Elle ne voyait jamais New York, passait du laboratoire à son appartement, parfois sans apercevoir la lumière du jour puisque le métro s'arrêtait précisément devant chacun de ces lieux. Et elle s'abrutissait au travail, cherchant sans cesse à remplacer les ingrédients par un équivalent moins cher sans avoir son mot à dire sur la toxicité, la qualité, l'origine des produits. La déambulation qu'elle s'autorise aujourd'hui – longer maintenant Madison Square Garden, les narines brûlées par le froid dans un sentiment de joie – est un privilège qu'elle s'octroie en touriste.

Elle descend 5th Avenue avec un vague objectif, celui de Wall Street, là où le quadrillage régulier de la mégapole s'emmêle un peu, là où elle aime croiser les traders pressés qui lui rappellent pourquoi elle a quitté la ville. Après Washington Square Garden, elle retrouve les bâtiments de l'université en imitation de briques rouges, les regarde rosir dans l'ambiance neigeuse avec un sourire amusé avant de s'enfoncer dans SoHo. Lorsque les derniers reflets d'aciers disparaissent, la température chute d'un coup et la circulation semble se crisper. Elle s'arrête devant un feu piéton marquant l'entrée de Tribeca, regarde son téléphone. Aucun de ses amis n'est disponible ce soir. Elle patiente en observant le bâtiment devant elle, fait de briques rouges réelles et d'une double porte dorée sans inscription. Les dizaines de caméras de surveillance fonctionnent à plein régime, et enregistrent l'image de June, June debout au feu piéton, June les pupilles en métronome se demandant ce qu'est ce bâtiment. À quelques pas d'elle, une femme se fait bousculer, son sac tombe au sol, une grille d'aération disperse ses feuilles aux quatre vents et l'une d'elles passe devant June, qu'elle s'empresse d'attraper. Le feu piéton enfin devient vert, June traverse en courant. Elle a juste le temps de jeter un œil à la page entre ses mains, une carte du monde avec des liens tirés entre chaque continent qui ressemble beaucoup à ce qu'Oliver lui demandait quelques heures plus tôt. June rejoint la femme accroupie en train de rassembler ses affaires et lui tend la feuille. Birgit semble confuse.

— Merci beaucoup ! C'est vraiment pas de chance, tout arrive en même temps, je… Merci.

Birgit se relève et June reste à ses côtés. Son regard circule entre Birgit et le bâtiment étrange.

— Pas de problème. Vous travaillez ici ?

Birgit à présent s'est complètement redressée. Elle sourit poliment à June, comprend qu'elle peut se laisser aller. Elle a ce don, June, de faire parler les gens, de leur être spontanément agréable. Je l'ai vue engager des conversations où elle ne disait presque rien mais parvenait à obtenir de son interlocuteur qu'il se confie, sans que cela paraisse intrusif.

— Non, je... C'est un lieu qui concerne mon travail, d'une certaine manière, mais je ne travaille pas ici. Je venais juste voir.

Elle se tait un instant, puis, constatant que June se tait aussi, continue.

— Je travaille pour une ONG qui met en garde contre le gaspillage énergétique lié à Internet.

June fait des yeux ronds, murmure un « waouh » qui fait sourire Birgit et qui s'accompagne d'une idée qu'elle lui soumet aussitôt.

— On vous attend quelque part ? Parce que si ce n'est pas le cas, j'allais m'arrêter dans un café pour me réchauffer et tous mes amis ont l'air occupés ce soir. Si vous voulez boire un verre...

Birgit hésite, regarde autour d'elle. Il est vrai qu'elle a beaucoup marché et qu'elle a froid, mais elle pourrait poursuivre la soirée en solitaire, rejoindre l'anonymat de sa chambre d'hôtel où elle ferait ce qu'elle fait tous les jours, dans toutes les villes du monde. June la voit hésiter, insiste franchement.

— J'avoue que cette carte que je vous ai rapportée m'intrigue un peu. Alors, juste un verre ?

Birgit sourit, dit « OK ».

15.

June demande une table pour deux personnes et suit la serveuse vers un coin isolé, souriant maladroitement à Birgit qui n'en revient pas non plus de ce rendez-vous improvisé avec une inconnue. Birgit commande un Old Fashioned, June un Spritz. Birgit la regarde avec amusement.

— Je pensais le Spritz typiquement européen.
— Il l'est. Mais là d'où je viens, on a tendance à remettre les classiques européens au goût du jour.
— Vous venez d'où ?
— Portland, Oregon. Et vous ?
— Danemark. Mais je n'y suis pas souvent. Je voyage beaucoup.
— Pour votre travail ?

Birgit laisse échapper un petit rire gêné, parce qu'elle se retrouve finalement à parler de son job dans toutes les circonstances.

— Je travaille pour une ONG qui essaie de sensibiliser les gens au coût environnemental d'Internet. Ce qui n'est pas rien, parce que dans ce domaine, soit on vénère la technologie, soit on considère qu'on n'y comprend rien et on l'utilise juste ce qu'il faut, par exemple pour des mails professionnels ou pour communiquer avec la famille. Cette catégorie n'a pas envie de savoir comment marche Internet. Et l'autre ne veut pas qu'on lui rebatte les oreilles avec des faits qui pourraient laisser croire qu'Internet n'est pas si rose que ça.

June réfléchit, essaie de se situer entre ces deux camps. Birgit s'en rend compte et anticipe sa question.

— Le fait est qu'Internet est devenu presque gratuit, c'est bientôt un bien public, on parle de droit à la connexion. Et parce qu'être connecté devient aussi naturel que respirer de l'oxygène, les gens pensent que c'est immatériel, qu'il n'y a pas d'impact sur l'environnement. C'est un énorme malentendu.

Elle s'arrête un instant, se rend compte qu'elle répète si souvent ce discours qu'elle pourrait elle aussi être une machine, un robot qui reproduit des milliers de fois le même contenu sur différents sites Web.

— Je suis désolée, j'ai l'impression de vous sortir mon pitch. Ça doit être ennuyeux.

June se redresse rapidement pour parer à cette remarque.

— Non, ce n'est pas du tout ennuyeux, au contraire ! Je me rends compte que c'est un sujet qui me tourne autour depuis quelque temps. Un de mes… mon compagnon est community manager dans une boîte d'assurances. Ils ont été hackés le mois dernier, il est en ce moment en Californie pour voir toutes les installations, parce que leurs serveurs se trouvent là-bas, si j'ai bien compris.

Birgit l'interrompt.

— Ou une copie en tout cas.

June la dévisage, attendant qu'elle étoffe ses explications. Birgit continue.

— La force d'Internet, c'est son côté décentralisé. Ce n'est pas un pays ou une entreprise, avec un gouvernement ou une direction. Si je schématise, c'est un monde de boîtes et de fils qui relient ces boîtes. Et on copie plusieurs fois les contenus dans différentes boîtes. Il n'y a pas de centre.

June hoche lentement la tête, comme si elle voyait s'esquisser le sérieux de la conversation.

— Les fils, ce sont les câbles sous-marins ? Mon compagnon m'en a parlé.
— Oui, les câbles tout court. Quand ils arrivent à terre depuis l'océan, ils continuent dans ce qu'on appelle les centres d'atterrissement, puis le long des routes, dans les trottoirs, partout. Je n'ai plus le chiffre en tête, mais vous imaginez la longueur de câble qu'il faut pour équiper toute la planète ?
— C'est ce que vous faites ?
— Quoi ?
— Vous occuper du matériel ? Vous avez dit que votre ONG essaie de protéger l'environnement d'Internet. Ce sont ces câbles qui polluent, en détruisant les écosystèmes et tout ça ?
— Malheureusement l'écosystème est le dernier de nos problèmes. Nous nous occupons plutôt de la consommation énergétique. Et j'ai un ami, dans une autre ONG, qui se focalise sur les matières premières, il va visiter des mines qui sont exploitées pour créer de nouveaux appareils, des choses comme ça.

Birgit porte à ses lèvres l'Old Fashioned auquel elle n'a presque pas touché, jette un regard circulaire à la salle autour d'elle. Sur les tables, à côté des mains et des verres, sont posés des téléphones portables, faces vers le ciel, coques en plastique ou en silicone, étuis en cuir avec fentes supplémentaires pour cartes de crédit – en plastique elles aussi – ou écouteurs pendouillant par la prise du microphone. Les conversations couvrent largement le bruit des quelques vibrations retentissant sur les tables et pourtant Birgit songe qu'il faut plus d'énergie pour que chacun soit connecté à Internet que pour servir à ces gens des boissons, faire la vaisselle et allumer la lumière. Elle se tourne vers June.

— Vous ne m'avez pas dit ce que vous faites dans la vie. Ça a aussi un lien avec les réseaux sociaux ?

June écarquille les yeux, grimace en avalant une gorgée de Spritz.

— Non. J'ai une formation de chimiste. J'ai travaillé quelques années dans une grande entreprise de cosmétiques, ici à New York, et maintenant je suis à mon compte depuis six ans. Ce que vous me dites des matières premières, c'est un aspect du job que je n'aimais pas. Maintenant j'ai un atelier, c'est moi qui choisis mes produits et mes fournisseurs. Il y a beaucoup de concurrence, mais je ne reviendrais en arrière pour rien au monde.

— Vraiment ? De la concurrence d'autres petits business comme le vôtre ?

Birgit s'en est voulu de dire « petit », elle s'est rendu compte en le prononçant qu'elle n'en savait rien, que June pourrait tout aussi bien être PDG d'une multinationale. Mais June n'a pas relevé. Elle continue.

— C'est drôle qu'on parle de ça, parce qu'en fait c'est surtout Internet qui fait de la concurrence. C'est génial pour commander des produits, faire des recherches, mais quand je vends mes trucs, je suis en concurrence avec des Coréennes ou des Chinois qui proposent les mêmes produits pour un tiers du prix, en comptant les frais de port.

— Je n'avais jamais vu les choses sous cet aspect. On a tellement l'image du business en ligne qui marche à tous les coups, qui nécessite très peu d'investissement financier...

Les deux femmes se taisent, dans un silence qui ressemble un peu à un découragement. Regardant autour d'elles comme pour voir si un autre sujet les attendait quelque part, leurs yeux finissent par se croiser. Elles sourient. Toutes deux comprennent que la situation commence à se détendre, et qu'elles pourraient bien s'apprivoiser, si cette amitié était amenée à durer.

— Combien de temps vous restez aux USA ?

— Je pars en Caroline du Nord demain, voir les Appalaches, qui sont rasées pour alimenter en charbon les data centers de la région. Puis je vais dans le Wisconsin, rencontrer une société qui fait des cartes très détaillées des câbles sous-marins. Je reprends l'avion de Chicago dans une semaine, direction Luleå en Suède.

— Comment vous dites ?

— Luleå. C'est presque sur le cercle polaire, donc il y fait froid toute l'année. Et comme le système de refroidissement d'un data center représente 40 % de la facture électrique, de plus en plus de compagnies y installent leurs serveurs. Ensuite je rentre à la maison, à Copenhague.

June tapote des doigts sur la table, le regard dans le vide, comme si elle essayait de trouver une solution. Elle a ce regard à la fois naïf et appliqué que lui connaît bien Oliver, mais qui pour Birgit est énigmatique. Elle risque une dernière hypothèse.

— Mais… est-ce que ce serait possible d'éteindre tout ça ? Le temps de mettre en place un meilleur système ?

Birgit éclate de rire.

— Le rêve ! Non, je plaisante. Je n'ose même pas imaginer les conséquences.

16.

Elle l'attend à Londres, aéroport de Heathrow. Elle a pris le train depuis Genève, a changé de gare à Paris, elle sentait son cœur s'accélérer, déjà, quand elle était dans le tunnel sous la Manche. Elle a songé aux câbles qui passaient sous et sur elle – ou peut-être dans le même tunnel que le train –, elle a pensé à un article qu'elle avait lu quelques jours auparavant et qui présentait les modes de transport du futur, parmi lesquels un tube aérien projetant les passagers à 1 000 kilomètres-heure dans un espace sous vide. Elle s'est demandé si cela reviendrait à circuler dans un câble, avec les données, c'était vertigineux et poétique, ça n'a pas entamé sa bonne humeur. Elle l'attend à Londres. Quand il franchit les portes coulissantes de l'arrivée, ils se sourient bien avant de se parler. Ils s'embrassent et s'enlacent sans un mot.

Ils marchent dans l'aéroport en traînant la valise à roulettes, chacun une main sur la poignée. Ils prennent le train, changent à Paddington, montent dans un autre train en direction de Penzance. Ils appuient leurs têtes l'une contre l'autre, ne parlent presque pas et quand ils le font, toutes les quelques minutes, c'est pour poursuivre des échanges précédents, comme si leurs pensées avaient continué de se côtoyer pendant ces semaines d'absence.

— Quand je suis retournée sur le site, j'hallucinais complètement. Il y en a qui parlaient de prendre une décision politique pour arrêter Internet…

— C'est ce qu'avait annoncé Trump pendant sa campagne, tu te rappelles ?

— Ou ce qu'avait fait Moubarak pendant la révolution égyptienne. Oui, je me rappelle.

Ils complètent ainsi une même tirade, récitant chacun à leur tour des segments de leurs savoirs communs. Elle caresse sa main en regardant par la fenêtre défiler les champs bruns, il passe un bras autour de ses épaules en contemplant la mer, ils renouent peu à peu les fils, réparent l'absence, se retissent l'un à l'autre par le langage et le corps. À Penzance, un ciel bleu pâle perce les nuages d'hiver et, la seconde d'après, donne l'impression qu'il va pleuvoir. Ils trouvent le *bed and breakfast* réservé il y a trois jours, une étroite maison en pierre de deux étages, des plafonds bas, un lit en bois couvert d'un moelleux duvet garni de broderies. Ils déposent leurs affaires, transfèrent quelques objets dans un sac à dos de ville plus léger, ils ont faim, ils ressortent tout de suite.

— J'ai comme l'impression qu'il y a urgence, dit Pénélope. J'ai besoin de savoir qu'on est au bon endroit. C'est la première fois que ça va devenir réel.

Elle s'interrompt, regarde Matteo qui fixe le plancher.

— Ça va, toi ? La fatigue ?

Il sursaute et passe la main sur sa joue.

— Oui, en fait ça va. J'ai bien dormi dans l'avion. J'ai rêvé de requins.

Une heure plus tard, ils descendent du bus à Porthcurno, deux sachets de sandwichs vides en papier kraft à la main. Pénélope regarde autour d'elle, se demande comment fonctionne le tri des déchets dans ce pays. Matteo range les sachets dans le sac à dos, ils les garderont pour plus tard.

La rue est juste assez large pour laisser passer le bus qui les a conduits ici, à son terminus. Il fait demi-tour sur la place, prêt à repartir. Pénélope et Matteo marchent spontanément dans la direction opposée, entre les basses maisons en pierre entourées de portiques en bois blanc. Cent mètres plus loin, Matteo désigne un bâtiment sur la gauche.

— Tu as vu ?

Pénélope lit l'enseigne de l'édifice à voix haute.

— « Musée du Télégraphe ». Ça ne m'étonne pas.
— Mais t'as vu le nom de la rue ?
— « Old Cable Lane ».

Ils passent encore devant le Cable Station Hotel avant de rejoindre le parking, dernier lieu bétonné avant la plage. En cette saison l'endroit est désert, Pénélope grelotte et remonte la fermeture de sa doudoune jusqu'au menton. Elle s'arrête pour attendre Matteo, l'enlace en silence, explique à quoi ils doivent s'attendre.

— Je crois qu'il y a plusieurs chemins qui descendent vers la plage, en tout cas c'est ce que j'ai vu sur Google Maps. Je propose qu'on en suive un, et si on arrive sur la plage sans avoir rien trouvé, on en cherchera un autre. Ça te va ?

Matteo enfile son bonnet, y enserre ses cheveux bouclés que le vent rabat sur son visage.

— C'est beau, mais c'est pas très grand. Tu es sûre que c'est là ?
— Non.

Matteo émet un bref rire résigné. Ils entament la descente par le premier chemin. Comme prévu, le sentier se sépare en trois, mais la relative petitesse de l'espace – une crique triangulaire, une plage blanche en delta ouvrant sur l'océan – permet d'embrasser l'ensemble d'un seul regard. Parmi les buissons desséchés se dresse une cabane sans enseigne, qui ressemble à un poste de sauveteurs, et dont Matteo s'approche. Contre la façade, une bouée et un téléphone d'urgence sont installés à côté d'un immense panneau jaune portant le symbole « Attention » :

Possibility of exposed telephone cables.
Risk of tripping, entanglement and injury.

Pénélope marche sur la plage, à la recherche de ces câbles enfouis dont on prévient les baigneurs. Ses pieds rasent le sol pour enlever à chaque pas quelques centimètres de sable, qui s'en va, poussé par le vent vers l'intérieur des terres. En levant les yeux, elle aperçoit Matteo qui s'est agenouillé, a entrepris de monter des petits châteaux de sable entre ses mains. La roche granulaire est trop friable, elle ne tient pas, les châteaux s'écroulent sitôt qu'ils sont érigés, mais Matteo persévère, répétant les mêmes gestes. Quand Pénélope s'approche de lui, il se résigne enfin.

— Bon. Ça ne marche pas.

Elle rit, il souffle sur ses mains gelées par l'humidité pendant qu'elle revient aux câbles.

— J'en vois pas sur la plage, mais quand même, je ne pensais pas qu'on trouverait si facilement une mention des câbles dans le coin. Tout est câble ici, ça fait partie de l'histoire de la région.

Matteo regarde le sol. Il commence toujours par regarder le sol quand s'amorce une discussion sérieuse, dont il sait que l'issue peut être grave. Il se tourne ensuite vers Pénélope avec une voix hésitante.

— Alors on va vraiment le faire ?
— Oui. Franchement, je ne peux pas retourner travailler dans un open space et

je ne veux pas non plus passer ma vie à t'attendre parce que tu installes des câbles à l'autre bout du monde. On fait chacun une partie du puzzle sans être d'accord avec l'ensemble. Si on arrête Internet, nos deux jobs disparaissent en même temps et on sera peut-être forcés de prendre une décision. Je sais pas, peut-être qu'on changera de vie ? Je sais que ça peut nous attirer de sérieux problèmes, mais je suis prête à prendre le risque.

Elle laisse passer une seconde avant de s'esclaffer, consciente de l'énormité du projet qui tout à coup s'esquisse. Elle se tourne vers Matteo.

— T'es pas d'accord ?

Matteo lance une boule de sable dans la mer.

— Si, je suis d'accord. J'aime bien te voir comme ça. T'as plus peur de sortir, de prendre des responsabilités. Alors oui, je suis d'accord. On le fait.

— Tu sais que c'est un challenge ? Le plus probable, c'est que ça échoue. Au mieux, il y aura une panne de quelques heures, quelques jours. En tout cas moi j'ai besoin de le faire, de voir ce que ça donne.

— C'est marrant, on passe notre temps à connecter le monde entier, et pour une fois qu'on est seuls tous les deux, on envisage de tout couper.

— On n'est pas si seuls, il y a trois milliards d'internautes qui passent juste sous nos pieds. Et si tu veux vraiment savoir, il y a les services secrets à quelques kilomètres d'ici qui écoutent tout ce qu'ils veulent.

Matteo sourit en lançant une autre poignée de sable en direction de Pénélope, mais le vent la disperse dans l'espace qui les sépare. Pénélope crie.

— C'est pas romantique, mais c'est vrai ! T'imagines toutes les communications, toutes les vidéos, tout ce qui est en train de passer sous nos pieds ?

— Moi je ne les entends pas. Donc ça ne change rien.

Il s'approche de Pénélope pour l'enlacer. Elle se dégage en riant, lui signifiant qu'elle veut terminer cette conversation.

— Il y a quand même un problème. Pour le piratage, on est déjà une bonne équipe. Pour les câbles, on a suffisamment de gens qui sont d'accord d'en couper un par-ci par-là. Mais pour ce qui est du reste, on n'a personne.

— Tu trouveras pas si facilement des gens prêts à mettre le feu à un bâtiment ou à répandre un virus dans un colloque d'informaticiens.

— ... d'ingénieurs-réseaux, corrige Pénélope.

Ils s'assoient sur le sable avant de se rendre compte qu'il est humide, se déplacent sur un rocher face à l'océan. Le silence revient. « On le fait », ont-ils dit, mais leur enthousiasme semble retombé.

Malgré le froid, j'aimerais bien me trouver à leur place, sur ce rocher, au-dessus de ces câbles, face à cet océan. Car j'ai quelques photos sur mon ordinateur, des plages du monde entier d'où émerge la sombre ondulation d'une gaine au milieu d'arbustes roux, de vagues mousseuses ou d'une colonie de manchots. J'ai cherché des traces des câbles sur le Web comme Pénélope et Matteo les cherchent à présent en Cornouailles, mais mes résultats sont des paysages anonymes, une pure contemplation esthétique, une rêverie autour d'un circuit sous l'océan. Ces images, elles se détachent des lieux, elles se dissocient du réel.

17.

June est assise dans le canapé d'angle et consulte nerveusement son ordinateur quand Oliver la rejoint. Il s'allonge à côté d'elle, la tête contre son ventre, se tortille un peu pour apercevoir l'écran dans la position où il se trouve.

— Tu travailles ? Il faut que je me taise ?

June enchaîne un soupir et un petit rire.

— J'ai bientôt fini. Tu peux me parler, je suis juste en train de vérifier un truc.

Oliver se contorsionne de nouveau pour tenter de lire l'écran de June. Elle passe sa main gauche dans ses cheveux épais, longs, en bataille, continue de faire défiler le texte de la main droite.

— C'est quoi ? dit Oliver.

— Une liste des entreprises qui ont menti sur le squalène. Je vérifie que mon fournisseur n'en fait pas partie.

— Le quoi ?

— Le squalène. C'est une substance que fabriquent les requins, dans leur foie. Maintenant, la plupart des marques utilisent du squalène végétal, mais apparemment, ils ont fait des tests et certains producteurs mélangent encore du squalène animal au squalène végétal.

— Ça sert à quoi ?

— C'est hydratant, ça pénètre bien, ça ne laisse pas de sensation de gras… Il y en a souvent dans les crèmes pour le visage, surtout les antirides. Mais c'est débile, parce que comme c'est un gros prédateur, il accumule les métaux lourds dans son organisme. Donc quand on se met du squalène de requin sur la peau, on s'étale des métaux lourds qu'on a nous-mêmes envoyés dans les océans.

Oliver ferme les yeux, laisse les doigts de June ébouriffer ses cheveux et parle d'une voix un peu plus haute que son timbre naturel.

— Mmmh… Et si on faisait la sieste pour oublier ça ?

June rit, écarte son ordinateur et se penche sur Oliver pour embrasser son visage immobile. Le foie des requins redevient une préoccupation d'arrière-plan, noyée dans toutes les autres informations reçues dans la journée de diverses sources. Car c'est comme ça que les choses fonctionnent désormais. On apprend par-ci par-là, on clique et on déroule, on s'offusque et on s'envenime, jusqu'au moment où ce qui suscitait notre émoi disparaît, recouvert par la nouvelle suivante et par l'attention qu'exige le présent. L'information est une tectonique des plaques. Les objets de nos scandales circulent aussi vite que les données dans les câbles.

Evan les rejoint, s'assied à l'extrémité du canapé et attrape les pieds d'Oliver, qu'il commence à masser distraitement.

— J'en reviens pas de toute cette histoire d'Internet. Je veux dire : d'un côté c'était génial de voir tous ces lieux, c'est beaucoup plus réel que je ne le pensais. Mais on m'a quand même volé mon identité, putain ! Qui ferait ça ?

— C'est pas toi qu'ils visaient, dit June d'un ton qui se veut apaisant. C'est tes patrons. C'est juste pas de bol. Tu as pu régler la situation ?

— Je ne sais pas. J'ai des mauvaises surprises qui arrivent tous les jours, impossible de savoir quand ça va s'arrêter. Maintenant que j'ai compris le problème, je le signale à tous les services que ça pourrait concerner, mais c'est compliqué. Je dois prouver que c'est pas moi qui ai fait ces choses et quand ils m'enverront ma nouvelle carte avec mon nouveau numéro de sécurité sociale, l'ancienne ne sera pas annulée automatiquement. C'est un cauchemar...

Evan s'affaisse sur le dossier du canapé, tirant sur le pied d'Oliver qu'il regarde tout à coup avec une jalousie tout à fait explicite.

— Mais pourquoi c'est moi qui te masse les pieds ? C'est moi qui ai besoin de réconfort ! Pas toi !
— J'ai toujours besoin de réconfort. En permanence.

Oliver semble sur le point de s'endormir dans un sourire d'extase et Evan a l'air contrarié. Il finit par conjecturer à voix haute.

— Vous imaginez si quelqu'un s'en prenait à ces lieux ? Un des data centers que j'ai vus, ou ces câbles dont tu as parlé avec cette femme, la Suédoise.
— Danoise, corrige June.
— Vous imaginez les conséquences ?
— Il y a plein de lieux qu'on redécouvrirait, intervient Oliver en gardant les yeux

fermés : la poste, la banque, les agences de voyages.

June et Evan éclatent de rire.

— Des agences de voyages ! Je crois bien que j'y suis jamais entré de ma vie. Je sais même pas à quoi ça ressemble…
— … des bibliothèques, des librairies, continue Oliver.
— Et en plus il faudrait se déplacer de librairie en librairie pour comparer les prix. En fait, c'est un bon plan pour toi, Olie.
— Par contre pour les commandes, je sais vraiment pas comment je ferais.
— Moi je pense que je ne pourrais tout simplement plus travailler, dit Evan. Si je suis censé modérer les conversations sur les réseaux sociaux et qu'il n'y a plus de réseau…

June et Evan se taisent, ramènent leur attention sur le corps d'Oliver qui s'étend et s'abandonne entre eux. Sur la cheville d'Oliver, Evan aperçoit le tatouage en forme de papillon qu'il avait presque oublié. Il fixe Oliver avec un sourire provocant.

— Ou alors il faudrait un papillon.

Lascif, Oliver ouvre un œil. June proteste aussitôt.

— Vraiment ? On va recommencer avec la théorie du papillon ?

June et Evan appellent ça « les histoires d'Oliver ». Ce sont ces petites choses, symboles ou éléments qui sont inscrits dans sa vie pour une raison bien précise, avec toute une justification. Il y a quelques années, le cadeau de fin d'année de l'entreprise d'Evan était un livre d'anecdotes scientifiques, qu'ils avaient immédiatement rangé aux toilettes. Seul Oliver s'en était emparé, les avait assommés pendant des semaines avec l'histoire du battement d'aile du papillon. « Vous vous rendez compte ? Le battement d'aile d'un papillon au Brésil ne peut *pas* provoquer une tornade au Texas, c'est sûr que non ! Le scientifique qui a formulé cette théorie l'entendait de manière ironique ! » Oliver était fasciné, découvrait à quel point cette interprétation populaire résultait d'une méprise tout en continuant de la trouver séduisante et poétique. Il avait poussé l'obsession jusqu'à se faire tatouer un papillon sur la cheville et cet épisode revenait régulièrement comme l'exemple même des « histoires d'Oliver ». Evan reprend avec un sourire faussement naïf.

— Tu sais, June, peut-être que quand tu passes tes doigts dans les cheveux d'Oliver, il y a un câble qui tombe en panne quelque part. Peut-être que si tu lui faisais un massage crânien, on provoquerait carrément un black-out, la fin des câbles, la fin d'Internet, la fin du monde ?

— Je vois, répond June.

— Vous confondez avec les dominos, intervient Oliver.

Les yeux toujours mi-clos, il tend sa main devant lui, dessine dans l'air des étapes, comme s'il découpait l'espace avec le tranchant de sa paume.

— Papillon : cause minuscule, effet immense, lien absurde. Dominos : cause et effet de même taille, mais, par réaction en chaîne, on obtient un effet final grandiose.

Evan et June se regardent avec une moue excessivement admirative.

— Il est tellement intelligent, dit June à voix haute. Pourquoi il sort avec nous ?

Les gens confondent donc le papillon et le domino, la légèreté fantasque et la chute implacable. Or, ce que nos trois Portlandais ignorent, c'est qu'ils sont en train d'échafauder ce qui pourrait bien provoquer la fin d'Internet. Un concours de circonstances plutôt qu'un événement isolé, une conjonction d'actions en elles-mêmes rares plutôt qu'une catastrophe massive. Et devant le concours de circonstances, tout le monde baisse les bras, parce que ce n'est ni une théorie ni une métaphore – marre de ces explications causales, à la fin – non, cela *arrive*, simplement. Par exemple le 28 juin 1914, lorsque l'archiduc François-Ferdinand passe devant Gavrilo Princip qui souhaite l'assassiner, qui rate l'occasion et blesse, à la place, un officier et quelques badauds. Plus tard dans la journée, François-Ferdinand souhaite rendre visite aux victimes, son chauffeur se trompe de chemin, immobilise le cortège dans une rue où Gavrilo Princip vient justement de s'acheter un sandwich. Celui-ci rattrape le cortège, provoquant les événements que l'on connaît. Oui, un concours de circonstances, malgré la combinaison un peu creuse de ses trois termes, peut tout de même déclencher une guerre mondiale.

Les jours passent. Il est toujours dans sa cabane de fortune. Tous les soirs, il remet la planche derrière lui, s'enferme pour la nuit. Les journées sont occupées à organiser ce qui sera sa vie ici. Il plante du blé au bord d'un étang voisin, trouve des cochons, des vaches et des poules, qui lui fourniront aussi des œufs. Il retourne sur la montagne, il reprend du charbon ainsi que de la pierre pour fabriquer un four. Quand il y pense, il ramasse des fleurs qu'il utilisera pour préparer des teintures ou, séchées, pour embellir sa maison. Les vaches l'approvisionnent en cuir pour se vêtir. Les moutons, en laine pour confectionner des couvertures. Son monde s'organise.

Il songe aussi à dessiner une carte des environs. Il y a, dans la zone où il compte bâtir sa maison, une grande plante lacustre qui ressemble à du papyrus. Il en coupe une partie, laisse suffisamment de matière pour que la plante repousse. Il la sèche au soleil pour fabriquer du papier. Il restera la question de l'encre, mais la variété des colorants naturels à sa disposition lui fait penser que ce ne sera pas un problème.

Avec le confort croissant du quotidien vient aussi la possibilité d'explorer l'horizon. Il décide de consacrer une journée à l'ascension d'une montagne voisine, d'où il pourra avoir une meilleure compréhension des environs. Il part à l'aube, avec de bonnes réserves de pain, et atteint le sommet avant midi, s'il en croit l'inclinaison du soleil. La vue est superbe. Il distingue, de l'autre côté de la plaine, des formations rocheuses arrondies, de taille moyenne, agrémentées de cascades, où il s'imagine construire une retraite enchanteresse. Une large rivière serpente au loin, dont les berges dorées semblent contenir un peu de sable, voire de l'argile. Une autre partie de l'horizon accueille des montagnes encore plus hautes que celle où il se trouve, et, tandis que leur base est presque marécageuse, leurs sommets semblent abriter des petits plateaux de conifères enneigés. Enfin, principale découverte d'intérêt pour lui, la prairie qu'il a allègrement parcourue depuis son arrivée lui a dissimulé une ressource qu'il ne voit que d'ici : une grotte, s'enfonçant dans les méandres de la terre, ce qui le fait frémir d'inquiétude comme de possibilités.

Il redescend en traînant, s'attardant sur les détails du relief qu'il a négligés à l'aller par peur de manquer de temps. Une douce euphorie le gagne. La journée a été belle et il a désormais un objectif clairement défini : explorer la grotte.

]

Troisième partie

Mai

18.

FLIN, vecteur des grandes décisions, frémit d'une agitation inhabituelle. Depuis que Pénélope veut éteindre Internet, elle a commencé à mettre sur pied une équipe de hackers grisés par l'objectif du siècle et contacté Birgit, facilement identifiable sur le Web, pour superviser la partie physique du projet qu'on appellera désormais « la Panne ». Birgit, nous l'avions laissée à New York après une rencontre enthousiasmante avec June, il y a trois mois, et il s'en est passé des choses depuis. Je pourrais vous parler des Appalaches qu'a visitées Birgit, dont les sommets charbonneux sont rasés pour alimenter les géants de la high-tech installés en Caroline du Nord, je pourrais vous parler de la société basée à Milwaukee qui réalise chaque année une carte des câbles sous-marins, je pourrais vous parler du data center de Luleå en Suède. Ces lieux, Birgit s'y est rendue. Mais ce n'est pas ça qui l'a changée, qui l'a convaincue d'accepter la proposition de Pénélope. C'est un événement plus anodin encore qui a fait basculer son histoire.

Après Luleå, Birgit est rentrée chez elle, à Copenhague. Elle avait un week-end entier de congé devant elle, ce qui – comme pour tous les gens qui ne s'arrêtent jamais de travailler – était si inhabituel qu'elle ne savait pas qu'en faire. Elle a quand même jeté un œil fatigué à sa liste de tâches, mais elle s'est surtout lancée dans une entreprise de grande envergure qui lui a été presque fatale : le tri exhaustif de ses mails.

Entendons-nous. Birgit est une femme d'affaires organisée, ses mails sont toujours en ordre. Elle combine des systèmes d'étiquettes, d'étoiles et d'archivage qui lui permettent de distinguer rapidement les messages qui nécessitent une action de ceux qui demandent une réponse, ou en attendent une. Mais cette fois, elle a décidé d'aller plus loin. Elle s'est attaquée aux boîtes qui se remplissent automatiquement, de type « Spam », « Notifications » ou « Lettres d'informations ». Elle s'est dit que ça faisait quand même beaucoup, et qu'à force de prêcher la bonne parole, elle avait peut-être manqué de rigueur envers elle-même. Mieux, ce tri pourrait déboucher sur une expérience. Et si elle essayait de se désinscrire de toutes ces lettres d'informations ?

Il existe presque toujours un lien « Se désinscrire ». Évidemment, l'émetteur ne veut pas que le destinataire se désinscrive trop facilement – il a un service de communication et des statistiques à tenir, un conseil d'administration qui a besoin de chiffres sur lesquels s'appuyer. Le lien « Se désinscrire » est donc presque transparent, en caractère 7, caché dans les marges. Si on le trouve, cliquer dessus ne suffit pas à résoudre le problème, car on peut être redirigé sur une page générale – la page d'accueil d'un grand site sur lequel on perdra patience – ou une erreur 404 – *cette page n'existe pas*. Si par miracle on parvient sur la bonne page, il faut encore se souvenir de son mot de passe, ou cliquer sur le lien qui dit qu'on l'a oublié, pour en obtenir un nouveau, récupérer un compte pour pouvoir le fermer. Bref. Les obstacles sont nombreux.

Cependant, Birgit s'y est attelée avec zèle. Ce qui, d'abord, satisfaisait son goût pour les choses rangées et abouties est ensuite devenu une croisade numérique. Il devait être possible de se désabonner, de supprimer ce flux d'informations non lues, ces bouteilles à la mer absurdes pleines d'hameçons commerciaux, le contraire n'était pas envisageable. Bien sûr, elle évoquait la question lors de ses séminaires, mais elle n'avait jamais essayé de le faire à reculons, d'effacer les traces de ses abonnements existants. Quand il s'agissait de la conservation des données personnelles, on invoquait depuis des années le droit à l'oubli, le droit de supprimer définitivement ces vieilles photos de soirées alcoolisées, postées à l'âge d'or des réseaux sociaux, alors que tout semblait encore innocent. Mais qu'en était-il du droit à la déconnexion, du droit de couper les ponts ? Birgit voulait savoir.

Pour n'importe quel observateur extérieur, il semblerait évident que Birgit travaille trop et que ça lui pendait au nez. Et pourtant ce ne sont pas les énormes responsabilités, qu'elle portait avec joie et confiance, qui l'ont menée au burn-out, mais ce petit moment, cette tâche facultative et presque ludique entamée de son plein gré : se désinscrire de toutes ses lettres d'informations. Quelques semaines plus tard, quand le diagnostic est devenu inévitable, le médecin a ajouté le mot « numérique » : « burn-out numérique ». Birgit l'a regardé sans comprendre. Il a parlé d'hyperconnectivité, des risques du multitasking, du décuplement des sollicitations, de l'impact des écrans sur le cerveau, sur le sommeil et sur la digestion. Birgit était surprise. Il connaissait son sujet. Elle reconnaissait son mode de vie. Mais elle ne pensait pas en avoir souffert, puisqu'elle réparait le monde en utilisant les armes en place. Le médecin avait conclu : « Vous avez quelqu'un qui peut s'occuper de vous, ces prochains temps ? » Elle avait songé à Samuel, dont elle ne lisait que le nom et l'heure de la dernière connexion sur son téléphone, mais ces seules informations provoquaient une joie, une douce hypnose. Elle avait menti et répondu oui.

Bien sûr, Samuel ne s'était pas occupé d'elle. Quand ils s'étaient enfin vus, elle avait voulu lui parler de son malaise, mais le travail et le flirt avaient repris le dessus. Leurs deux téléphones étaient posés sur la table en bois du café, comme s'ils tenaient une réunion séparée, qui leur était propre. Birgit avait dit en les montrant du doigt : « Tu te rends compte ? En croisant la géolocalisation avec nos relevés bancaires et le fait qu'on travaille dans le même domaine, ils pourraient savoir qu'on se trouve ici les deux en ce moment. Ils pourraient en déduire toutes sortes de choses sur notre relation. » Samuel avait ri avant de chuchoter comme s'il contrefaisait des propos impensables : « Ils pourraient penser qu'on est amants. » Les réactions de Samuel étaient systématiquement décevantes. Birgit s'en voulait de sa sensiblerie.

Quand Pénélope l'avait contactée, Birgit en était là : des séances chez le médecin, le tri de sa boîte mail, des messages à Samuel et à Andrea, des tentatives de ne plus se connecter tout en se demandant ce qu'elle pouvait faire d'autre, ce qu'elle pouvait faire sans. La proposition de Pénélope était étrange, parce qu'elle visait à détruire tout ce que Birgit avait essayé de faire changer, et sonnait pourtant incroyablement juste. Birgit était dans une de ces périodes bizarres, où plus rien n'est sûr, où tout semble possible parce que tout s'écroule, où l'on pourrait aussi bien continuer sur sa lancée que découvrir quelqu'un d'autre, en soi, qui aspire au contraire de ce qu'on faisait jusque là. Elle s'était demandé quelle était la limite entre le changement et la destruction. Elle avait mal à la tête.

Aujourd'hui, le plan de travail de la cuisine est rangé. Le courrier papier ne traîne pas, il est classé en deux piles : entrant, aussitôt ouvert par Birgit, et sortant, récupéré au quotidien par un de ses nouveaux colocataires. Car elle ne vit plus seule, Birgit, mais partage son appartement avec quatre personnes qui ont investi son salon spacieux, en ont fait un bureau, une centrale, d'où Birgit coordonne les opérations, constitue les équipes et découpe les objectifs. Pénélope a bien insisté : la partie informatique, qui consiste à détruire les données des data centers et à faire s'écrouler les sites les plus importants sous le nombre de requêtes, sera assurée par d'autres. Mais Birgit est responsable de la partie physique, qui constitue le gros du projet et un challenge sans précédent. Dans cet appartement désormais dédié à la préparation de la Panne est épinglée au mur une carte du monde. Y sont représentés les 368 câbles sous-marins cousins de FLIN et leurs points d'atterrissement, les principaux câbles terrestres et une dizaine de data centers d'importance stratégique. C'est sans doute la carte du réseau la plus complète jamais réalisée.

19.

June pose ses avant-bras nus sur la barrière dorée du balcon, face au lac. Le silence est quasi total. Le ronronnement d'un moteur passe parfois au-delà de la forêt vallonnée qui encercle ce lieu, un poisson bondissant provoque un clapotis momentané, mais sinon elle n'entend que le vent, frémissant dans les sapins. Elle aperçoit Evan couché en contrebas, sur le ponton, endormi. Il porte un caleçon de bain à motifs hawaïens et des lunettes noires, qui exposent dangereusement le reste de son corps au soleil acide de ce début d'été. Elle sourit quand elle songe à son obsession du bronzage, à sa peau de rouquin, à ses taches de rousseur. Chaque année, il complexe face aux corps de June et d'Oliver qui brunissent si facilement.

Oliver surgit dans le dos de June, complètement nu, un magazine à la main. Il se plante à côté d'elle, une main sur la hanche, le magazine dans l'autre, le regard dans le vide, comme s'il s'adressait à June tout en contemplant un étonnement intérieur, une information dont il ne revient pas.

— Tu te rappelles quand tu parlais des requins ? Du squalène et des métaux lourds qui s'accumulent en remontant la chaîne alimentaire ?

June le regarde d'un air sceptique et amusé, se réjouissant de savoir où il veut en venir.

— Oui. Et nous, on s'empoisonne aux métaux lourds, parce qu'on est nous-mêmes au sommet de la chaîne alimentaire.

Oliver reprend.

— Je viens de lire un article incroyable sur la Rome antique. Il semblerait – enfin, certains historiens le pensent en tout cas – qu'une des causes de l'effondrement de l'Empire romain soit un empoisonnement progressif au plomb.
— Comment peut-on s'empoisonner progressivement ?
— C'est l'effet d'accumulation dont tu parlais. Tu sais, la noblesse faisait des banquets, ils étaient allongés, buvaient

et mangeaient dans des grands vases qui contenaient du plomb, on y faisait même cuire des aliments. On ignorait que le plomb était toxique pour l'organisme – enfin, certains médecins s'en doutaient, mais ils ne pouvaient pas le mesurer. Maintenant on peut, et on a retrouvé des quantités de plomb dans les squelettes de cette époque qui sont cent fois supérieures aux taux qu'on a dans nos organismes, alors qu'on est beaucoup plus exposés.

June hausse les sourcils. Elle pensait entendre une énième « histoire d'Oliver », mais elle est impressionnée.

— C'est dingue ! Et ça aurait provoqué l'effondrement de l'Empire ?

— Ou ça y aurait participé, en tout cas. Parmi les symptômes de l'intoxication chronique au plomb, il y a (il soulève le magazine pour vérifier)... des troubles neurologiques, des troubles mentaux comme la schizophrénie, l'incapacité de décision ou de jugement. Exactement ce qu'ont vécu petit à petit les élites dirigeantes à l'époque.

June se tait. Elle détourne le regard et contemple l'eau immobile du lac, les sapins qui couvrent les collines jusqu'aux berges. Parfois la curiosité sauvage d'Oliver peut l'occuper mentalement pendant des heures, mais parfois les connaissances disparates qu'il en rapporte recoupent ses préoccupations à elle. Elle pose sa main sur la hanche d'Oliver, caresse distraitement la peau tiède et souple, puis passe la main autour de sa nuque et fait en sorte qu'il reporte son regard sur elle.

— Dommage pour les élites. On va se baigner ?

Evan est réveillé par un tintamarre croissant de rires s'approchant à toute vitesse, suivi d'un « plouf » fugace. Il se redresse sur les coudes, aperçoit Oliver et June dans l'eau, nageant à grandes brassées entrecoupées de cris pour se réchauffer. June répète « J'ai froid, j'ai trop froid » et s'approche d'Oliver, ils essaient de s'enlacer tout en continuant de nager et ça ne marche pas très bien. Oliver rit et tremble en même temps, ça le fait tousser, alors ils préfèrent sortir de l'eau, s'allonger chacun d'un côté d'Evan qui crie « Vous êtes tout mouillés ! » mais n'a pas le temps de se relever. Il renonce. Ils s'endorment. Evan ne peut plus bouger.

Plus tard dans l'après-midi. June a enlevé son maillot de bain. Oliver a posé sa tête sur le ventre d'Evan, June a posé la sienne sur le ventre d'Oliver. Evan et June auraient bien voulu que leur tête et leur ventre se superposent aussi pour former un triangle, mais est-ce leur manque de souplesse ou le fait que June soit légèrement plus petite, ils n'y sont pas parvenus. June dit qu'ils devraient se mettre au sport.

Le silence se réinstalle. Oliver fixe intensément le ciel, Evan feuillette une revue qu'il tient au-dessus de lui, parallèlement au sol, pour se créer de l'ombre. June aime sentir l'air – surtout cet air tiède qui n'est ni celui du plein été ni celui de la mer – courir contre les parties de son corps qui ne sont pas fréquemment exposées à l'air libre. Entre ses cuisses. Dans les poils au-dessus de son sexe. Sur la courbe de ses seins. Evan baisse sa revue, comme s'il constatait soudainement qu'il est le seul à porter des vêtements.

— Vous êtes quand même pas gênés…

Oliver le regarde en souriant, attrape sa cheville qu'il effleure tendrement.

— Quoi ? Y a que nous ici !

Evan ne relève pas la remarque et reprend sa lecture. Une légère fracture s'est installée dans le silence. Quelque chose d'indéterminé dans leur relation, qui a changé et déteint, que ce genre de moment rend palpable. Evan a toujours été le plus bougon, mais aussi le plus insouciant, le plus apte à oublier. Est-ce le vol de son identité et les tracasseries administratives en chaîne qui ont favorisé chez lui cette amertume, cette propension à contrarier ? Il y songe, mais ne peut se résoudre à l'accepter. Sur le lac miroite un non-dit dont ils sont tous conscients.

L'un des articles de la revue d'Evan est consacré aux influenceurs. Il s'intitule sûrement « Top 10 des influenceurs du numérique » ou « Les plus grands influenceurs du World Wide Web » ou encore « Ce sont eux, nos leaders ». Evan parcourt la liste et s'exclame tout à coup.

— Oh fuck !

Oliver et June lui jettent un regard interrogateur.

— Il y a une fille, une Instagrammeuse qui est apparemment l'une des plus célèbres dans le monde – Andrea, elle s'appelle – qui a trouvé un câble sous-marin sur une plage en Thaïlande. Elle l'a posté cette semaine avec le hashtag #findacable et c'est en train de devenir viral ! Il y a même eu deux ou trois accidents. Les gens ont détourné le hashtag en #cutthecable et ont coupé des câbles, juste pour voir.

Je ne sais pas si vous avez remarqué, mais Andrea est la seule dont les actes et les propos nous sont toujours rapportés par autrui. Tout le monde l'évoque, mais personne n'a directement affaire à elle. C'est dire qu'elle pourrait tout aussi bien ne pas exister, ou exister multiplement, ou exister numériquement. Andrea s'est fondue dans les réseaux sociaux, elle n'est plus que ce qu'elle montre, et ce qu'elle montre ne nous dit rien de sa réalité. Pénélope, Lu Pan ou un groupe de dix-huit amis répartis dans le monde derrière leurs ordinateurs pourraient tout aussi bien jouer à être Andrea.

June se redresse, les deux genoux pliés l'un sur l'autre du même côté, dans une position que Birgit identifierait sans doute comme celle de la petite sirène de Copenhague. Oliver s'est assis en tailleur, il est aussi perplexe qu'eux tant la conclusion est évidente.

— Elle est folle, dit June. Est-ce qu'elle sait à quoi servent ces câbles ? Elle se tire une balle dans le pied…

— Le réseau va peut-être se détruire de lui-même, commente Oliver. Se détruire de l'intérieur !

June pense à Birgit, à l'immense sacrifice qu'elle est en train de faire. Elle se demande si elle est au courant du buzz. Il faudrait qu'elle la prévienne. Il faudrait qu'ils rentrent en ville pour qu'elle se connecte de nouveau au tchat sécurisé et qu'elle puisse la contacter. Si le monde se met à détruire les câbles, leur travail à eux, les engagements qu'ils ont pris dans la préparation de la Panne, vont s'en trouver facilités.

20.

Kuan passe ses doigts sur la tapisserie abandonnée de la chambre de Lu Pan. Depuis trois mois que Lu Pan est parti, son père a ramassé les détritus, mais n'a pas touché à l'écosystème interne de la pièce. Il pensait que l'odeur s'évanouirait rapidement. En réalité elle est imprégnée, elle est indissociable de cette chambre et de son univers particulier.

Dans l'avion qui les ramenait à Singapour depuis Baotou, Kuan était presque heureux. Il circulait entre les lieux qui ont fait sa vie, son fils à ses côtés, et il l'avait vu s'illuminer pendant ce séjour. Il s'était intéressé aux industries de la région, aux matériaux, aux modes de construction, il avait comparé ce lac noir à un écran d'ordinateur, ce qui était sans doute de bon augure, venant de lui. Mais dans l'avion, suspendu entre deux mondes, entre son passé et son présent, tout avait basculé. Lu Pan lui avait annoncé qu'il ne rentrerait pas à la maison et ne retournerait pas à l'école. Il avait été engagé par une équipe de e-sport qui lui offrait un toit, un travail et un salaire généreux pendant les prochaines années, en plus d'une reconnaissance publique indéniable. Ce voyage, il l'avait accepté pour tourner la page, pas pour renouer avec ses origines.

Désormais, Kuan s'adosse souvent au mur du couloir, à côté de la chambre de Lu Pan, laissant la porte ouverte. Lu Pan a argumenté que ça ne changerait rien, qu'ils ne se voyaient jamais, mais il avait tort et Kuan n'a pas eu l'occasion de le lui dire. Cela changeait tout, de savoir que derrière cette porte, ouverte ou fermée, se trouvait son fils. Tant que Lu Pan vivait là, il menait une existence physique à proximité, faite de bruits, d'odeurs et de livraisons de nourriture. Kuan ne quitte l'embrasure de la porte qu'au moment d'aller dormir, comme si la contemplation des câbles dans la chambre vide était tout ce qu'il lui restait de Lu Pan.

Depuis quelques semaines, Kuan remarque que de nombreux jeunes s'approchent du port avec leur smartphone pour fouiller dans les recoins. Certains trouvent un câble abandonné qui dépasse du grillage, le photographient, retournent à leur téléphone pour traiter cette image tout juste capturée qui nécessite toute leur considération. D'autres vont plus loin, longent les quais ou tentent de pénétrer dans le port, à la recherche de câbles plus satisfaisants. Est-ce Kuan qui fait davantage attention aux autres, et particulièrement à cette partie de l'humanité constamment branchée au monde digital, ou sont-ils réellement plus nombreux ces derniers temps ?

Kuan a revu Chang Ming à la pause de midi des employés du port, qui lui a assuré que Lu Pan allait bien. Il a même fait venir son fils, pour expliquer à Kuan la situation : Lu Pan était devenu une star mondialement reconnue sur YouTube. Il se filmait en train de jouer à des jeux vidéos et de les commenter, postait la vidéo, gagnait de l'argent selon le nombre de vues qu'elle suscitait. Les gens aimaient le style de Lu Pan, son habileté technique et sa personnalité. L'un de ces jeux se jouait en groupe, et Lu Pan avait fini par accepter l'offre d'une équipe professionnelle qui souhaitait le recruter. Il vivait maintenant dans un superbe duplex du quartier branché d'Everton Park, où il était choyé, au même titre que les autres membres de l'équipe. Ils disposaient d'une manager, d'un chargé de relations publiques, d'un coach, d'une cuisinière. Ils s'entraînaient 10 heures par jour et voyageaient pour participer à des compétitions internationales, portant des vêtements sponsorisés par les plus grandes marques de matériel informatique.

Quand il vivait à Shanghai et qu'il travaillait au port de Yangshan, Kuan rêvait d'une autre vie, et ce rêve n'a jamais vraiment disparu. Peu après l'entrée en activité du port, la Chine avait commencé à envoyer des bateaux dans l'archipel des Paracels, en mer de Chine méridionale. Kuan avait été sollicité parce que les méthodes employées aux Paracels reprenaient celles utilisées pour la construction de Yangshan : aspirer de la terre des fonds marins, la recracher à la surface, autour d'un récif, pour former une île artificielle. À l'époque, Kuan avait dû décliner l'offre, parce que Lu Pan était petit et qu'il avait besoin de son unique parent. Aujourd'hui, Kuan y repense. Il voit les bateaux revenir des Paracels, des îles Spratleys ou Senkaku, où la Chine crée des territoires de toutes pièces. Peut-être n'est-il pas trop tard ? Peut-être Lu Pan n'a-t-il réellement plus besoin de lui ?

Kuan avance donc. Il avance sans le savoir, par des canalisations souterraines, comme lorsqu'on ne sait pas qu'on avance parce que tout se passe dans le noir, à l'arrière de la conscience. Il s'intéresse davantage aux univers virtuels, mais aussi aux cargaisons des conteneurs qu'il voit défiler toute la journée, à la provenance et à la fonction des différents bateaux dont il a la responsabilité. On ne peut pas dire qu'il fasse son deuil de père, d'abord parce que c'est trop tôt, et ensuite parce que Lu Pan n'est pas mort, mais il avance, Kuan, dans de nouvelles directions.

Il en est là de ses réflexions – entre l'idée de récupérer Lu Pan et celle d'accepter que tous deux puissent s'émanciper – quand il passe machinalement la main dans la poche de son pantalon et en ressort un bout de carton à moitié désagrégé. Il ne se rappelle pas avoir glissé quoi que ce soit à cet endroit-là, et le carton semble ancien, puisqu'il a dû passer plusieurs fois dans la machine sans qu'il le remarque. Kuan le retourne dans tous les sens, essaie de trouver un signe, une écriture, un indice sur de ce que pourrait bien être ce morceau de carton. Une tache brune et des caractères latins rafraîchissent sa mémoire : la carte de visite de Samuel, l'homme rencontré au bord du lac noir de Baotou.

À la pause de midi, Chang Ming ne veut pas jouer au mah-jong avec Kuan, mais il lui montre son téléphone.

— Tu as vu ?
— Quoi ?

— C'est une photo du câblier sur lequel je travaille. Il paraît qu'en ce moment, le nouveau truc sur Internet c'est de partir à la recherche de ces câbles. Quand tu en trouves un, tu prends une photo et tu la postes avec le hashtag #findacable.

— Et ?

— Moi, comme je travaille avec ces câbles, j'ai fait une photo de la cuve, et j'ai eu des milliers de « Like ». Je vais peut-être faire fortune, comme ton fils !

Kuan commence à percevoir les choses comme un immense puzzle, dont les pièces s'ajustent lentement les unes aux autres. Certains appelleraient ça des dominos, un peu trop proches pour ne pas être interdépendants, d'autres croient aux papillons. Par exemple, maintenant que Kuan entend parler des câbles, il se dit qu'un câble, ça se débranche. Il en déduit que mille câbles, c'est plus long, mais ça se débranche aussi, il n'y a rien de magique. Il associe le lac noir de Baotou aux conteneurs colorés qui défilent devant ses yeux dans un même mouvement – transporter certaines parties du monde ailleurs, où elles seront transformées en connexions Internet. Il en conclut logiquement que si quelque chose arrivait à ces conteneurs, Internet en souffrirait. Il attend d'être seul chez lui le soir et s'installe devant l'ordinateur. Il sort la carte de visite endommagée de sa poche, saisit dans le moteur de recherche le nom et le prénom encore lisibles de Samuel, ne trouve rien. Il tape « Internet toxic Baotou » et clique sur le premier résultat.

C'est un long article, dont le texte en anglais lui est pénible, alors il regarde surtout les images. Sur la même page se trouvent des photos du lac noir, de conteneurs sur des cargos et d'une jeune fille à longue frange, en train de trier des morceaux de roche, qui pourrait être Meï. Le début de l'article explique que 95 % des matières premières utilisées dans les technologies sont produites dans la région de Baotou et transportées partout dans le monde grâce aux conteneurs. Kuan revient à la liste des résultats et clique sur les liens avec une sorte d'effervescence, un plaisir anarchique et coupable, une jubilation de l'errance. Mais Kuan a un but et finit par arriver sur le site que consultait Pénélope, celui qui regroupe les méthodes pour éteindre Internet. Kuan comprend qu'il n'est pas le seul à avoir perdu un être cher à cause du réseau.

21.

En arrêtant sa voiture de location sur le parking du data center de Hamina, Birgit hésite. Ce data center n'est vraiment pas mal, en fin de compte. C'est un centre de dernière génération installé dans une ancienne usine de papier, qui utilise l'eau de mer pour refroidir les serveurs, sans système électrique supplémentaire et avec un impact minimal sur l'environnement. Elle pourrait épargner ce lieu, mais elle a aussi toutes les raisons de l'avoir choisi plutôt qu'un autre. Il est stratégique, il est relativement proche de chez elle, il fait une utilisation exemplaire des ressources naturelles qui justifie que la fondation Green Web s'y intéresse.

Birgit regarde son sac à main entrouvert sur le siège passager, la grosse enveloppe à bulle rembourrée dont émerge un boîtier en plastique. Pénélope et son équipe de hackers comptent sur elle pour s'introduire dans le bâtiment et y installer clandestinement ce dispositif, pendant que June participe à l'opération de coupure des câbles sur la côte ouest des États-Unis. Elle revoit sa première rencontre avec June devant l'imposant 60 Hudson Street, le premier domino qui a tout déclenché. Depuis, elle est passée par des abîmes de fatigue, de colère et de frustration, elle a changé. Mais au fond, elle a l'impression d'avoir anticipé ce moment depuis longtemps.

Un bon réseau et de la flatterie, c'est ce qui lui a permis de contacter la compagnie propriétaire du bâtiment. Green Web avait eu vent de leur fabuleux système de refroidissement, elle devait les rencontrer, s'en assurer d'elle-même, elle pourrait ensuite vanter les mérites de leurs services lors de ses prochaines conférences. Ce mensonge simple, allié à la loi selon laquelle on connaît toujours quelqu'un qui connaît quelqu'un qui nous rapproche de notre but, lui avait permis d'obtenir un rendez-vous et une visite guidée par l'un des responsables du site de Hamina.

À l'intérieur du bâtiment, elle se présente à l'accueil, où elle reçoit un pass visiteur. Bien sûr, le nom qui figure sur le badge ne devrait pas être le sien – Birgit aussi a regardé des films d'espionnage et elle sait que c'est risqué. Mais Birgit est une personnalité publique, elle est sur le réseau, ses informations sont vérifiables. Quand elle a annoncé aux membres réunis pour préparer la Panne qu'elle utiliserait son vrai nom, le terme « sacrifice » circulait sur toutes les lèvres. Non, pour elle, le sacrifice c'était avant, quand elle se contraignait à jouer selon les règles alors qu'il était évident qu'elles devaient être déjouées.

La discussion sur la destruction physique d'un bâtiment est longtemps restée taboue. Hacker les serveurs était un acte immatériel. Couper des câbles s'apparentait trop fortement à « couper un fil » pour sembler important. Pour la plupart des personnes impliquées, l'opération n'était qu'un jeu, une chasse au trésor grandeur nature qui soulèverait quelques menus problèmes, comme les enfants appuient sur les sonnettes puis s'enfuient au bout du couloir juste pour jubiler anonymement. L'hypothèse d'une pandémie a été écartée, car on ne veut pas de victime – c'est le mot d'ordre – et maintenant que Birgit croise dans le bâtiment des employés au regard clair qui la saluent chaleureusement, elle en est soulagée. Le projet a attiré toutes sortes de gens – électriciens, pompiers, amateurs de feux d'artifice – qui ont alors proposé de créer de petits explosifs, à paille de fer, à sulfate d'aluminium, à batteries 12 volts ou à anciennes ampoules de flash d'appareils photo, actionnables à distance. Finalement, c'est le scénario de la série *Mr Robot* qui a été retenu : Birgit, profitant de ses relations professionnelles, s'introduirait dans un data center stratégique, y placerait une *backdoor* élaborée par le groupe de Pénélope, qui permettrait aux hackers de s'infiltrer dans le système, et notamment dans le dispositif de contrôle des températures. On neutraliserait l'alarme incendie. On ferait monter la température. On brûlerait les bandes magnétiques, et toutes les données qui y sont stockées.

Birgit prend l'ascenseur, avance sur la moquette en mesurant ses pas et sa respiration, dépasse des petites salles de réunions au mobilier de bois clair, épuré, d'aspect velouté dans la lumière blanche de cette fin de printemps finlandais. Elle se présente au bureau du responsable, dont elle serre la main avec un sourire désarmant. Subitement, elle est apaisée, sûre d'elle, les doutes qu'elle entretenait en conversant avec elle-même disparaissent, remplacés par l'échange avec autrui. La moquette onctueuse ondule sous ses talons, la vue sur le golfe de Finlande la régale, la conforte dans l'action qu'elle s'apprête à accomplir. Elle suit son interlocuteur dans les allées de serveurs, elle pose des questions sur le système anti-incendies, et l'homme lève la tête vers le plafond, lui fait remarquer les gaines, les ventilateurs et les valves, prêtes à arroser la pièce à la moindre trace de fumée. Lorsque l'homme lui tourne le dos pour continuer d'avancer dans l'allée, Birgit passe la main sur le côté d'un serveur pour faire mine de l'observer de plus près, y appose le dispositif dans un doux bruit d'aimant.

Deux heures plus tard, Birgit est de retour devant l'accueil et sourit exagérément au réceptionniste en lui remettant son badge. Sur le parking, elle s'enferme dans la voiture de location, fouille son sac pour en sortir un vieux smartphone qui n'est pas le sien. Elle sélectionne une liste de contacts, uniquement des numéros de téléphones prétextes, comme le sien, appartenant l'espace de quelques jours à des complices. Elle écrit : « *It's on.* » La seule réponse arrive rapidement, de Pénélope, pour dire que ça fonctionne. Elle signe de l'émoticône la plus ancienne et la plus banale qui soit, un sourire penché sur le côté. Au bout de 10 minutes, Birgit atteint l'autoroute. Deux heures plus tard, elle restitue la voiture de location à Helsinki, déchire son billet d'avion et monte dans un ferry de nuit en direction de la Suède.

22.

La nuit tombe sur le pare-brise d'Oliver, immobilisé dans les embouteillages de Seattle. Il soupire. June demande si on était obligés de passer par là.

— Oui, on était obligés. Je te signale que Seattle est sur une presqu'île. On est entourés d'eau.

Il soupire de nouveau, regarde June qui reste silencieuse, s'excuse, lui prend la main.

Oliver est un peu nerveux quand il retourne dans sa ville natale. Il a toujours cette sorte d'espoir que les attentes soient comblées, que les soucis d'autrefois soient effacés. Or revenir sur les lieux consiste plutôt à constater que le passé a bel et bien existé. La voiture longe à présent l'imposant bâtiment de l'usine Boeing et Evan se penche depuis la banquette arrière pour intervenir.

— Boeing, ça vient aussi de Seattle ? Mais qu'est-ce qui ne vient pas de Seattle !

Il pose sa main sur l'épaule d'Oliver, adresse un clin d'œil complice à June. Leur bonne humeur est sauve.

L'ordinateur portable ouvert sur les genoux, Evan fixe l'écran et tape sur le clavier à toute vitesse, commentant régulièrement la situation sans relever la tête.

— Je suis désolé pour ce trafic, *sweeties*, mais moi je m'amuse beaucoup. Il reste pas mal de boulot, et je suis pas sûr que je pourrais travailler si on roulait à fond.

Sur le siège passager, June joue nerveusement avec un rouleau d'étiquettes, qu'elle repose régulièrement dans son sac à dos pour ne plus y toucher, avant de le ressaisir un quart d'heure plus tard. Son regard est concentré mais inquiet. Il y a tant de raisons que ce projet échoue. Tant de raisons qu'ils se fassent attraper, surtout Birgit. June se retourne vers Evan.

— Tu trouves ce qu'il faut ?
— La liste des lieux n'est pas le problème. Mais il me manque des indications précises, des photos de cabanons sur la plage, des indices qui disent que les câbles sont là.

Il faudrait pouvoir coller ces étiquettes le plus près possible du lieu du câble.

— C'est ce qu'on va faire, répond June.

— Au fait, dit Oliver, quand on dort chez mes parents ce soir, j'apprécierais que vous ne parliez pas de ce qu'on est en train de faire. Je ne sais pas s'ils comprendraient. Moi-même, je ne suis pas sûr de comprendre.

— Ta mère est une fan de Candy Crush, non ? demande Evan.

June rit.

— Tu imagines tout le temps qu'elle va avoir ? Elle va le consacrer à quoi ? Peut-être qu'elle va se redécouvrir une passion, faire de la peinture, un potager, ouvrir un restaurant ?

— *Guys*, interrompt Oliver, décidément nerveux. On n'en sait rien.

— En tout cas, selon notre planning, reprend Evan, il faut impérativement qu'on fasse Harbour Pointe et Lynnwood ce soir. Si on quitte la ville demain matin, il nous restera trois jours pour couvrir toute la côte, si on veut que les étiquettes soient en place à temps. Tu as des nouvelles de Birgit ?

June soupire en regardant la route désormais plongée dans l'obscurité. Après leur rencontre à New York, elle a recontacté

Birgit sur les réseaux sociaux, pour échanger des cartes d'Internet que lui demandait toujours Oliver. Birgit a abordé le projet de la Panne en tâtant le terrain. June était enthousiaste, mais s'interrogeait sur la portée du projet, sur ce qui était acceptable ou non. Elle a été surprise de voir, en quelques mois, comment Birgit s'est radicalisée. Certes, elle la connaît peu, mais elle est étonnée de sa froideur, de son manque de nuance, qui reflète mal l'impression de douceur et de volupté qu'elle lui a laissée à New York.

— Non, je n'ai pas de nouvelles, reprend June. Mais c'était entendu comme ça, le planning est arrêté, c'est mieux si on la contacte le moins possible. On s'occupe des câbles. On les signale avec des étiquettes, qu'on colle où on peut de manière à indiquer le plus précisément possible la position des câbles. C'est déjà énorme.

Evan s'est penché en avant et ne dit plus rien. Oliver a posé sa main sur la cuisse de June, qu'il caresse brièvement avant de se ressaisir du volant. Songent-ils aux autres groupes qui sont en train de faire la même chose qu'eux, sur d'autres côtes et dans d'autres pays ? Malgré l'alternance de légèreté badine et de désagréments routiers, une forme de gravité s'est installée, écrasante, dans la voiture. Dans trois jours, ils auront repéré et signalé les 23 câbles qui atterrissent sur la côte ouest des États-Unis. Dans trois jours, une autre équipe viendra avec du matériel pour les sectionner – chacun son travail. Dans trois jours, ce sera la Panne.

La route s'est dégagée et Oliver reprend la parole, comme si la densité du trafic l'avait rendu muet, semblable en cela aux données qui circulent dans FLIN et qui, aux heures de pointe, ralentissent.

— J'aurais jamais pensé faire du vandalisme avec vous. Je sais même pas pourquoi on fait ça.

— On fait ça parce qu'on m'a volé mon identité, rappelle Evan en haussant le ton.

— Et pour l'expérience collective, rectifie June. On essaie quelque chose. Tu dis toujours que rien ne va dans ce monde, qu'il faut prendre ses responsabilités. Moi je trouve qu'on fait un test, c'est pas si mal.

— Mais irresponsable, complète Oliver.

— Irresponsable, je sais pas. On verra. Je crois qu'on va foutre une grosse frayeur à une bonne partie de la population. Peut-être que ça, ça nous rendra plus responsables.

Evan n'écoute plus, mais ce qu'il lit sur son ordinateur le fait rire et il se penche en avant pour s'adresser à ses deux conjoints.

— Je viens de trouver un site avec pas mal d'infos qui nous manquaient. C'est quand même hilarant de penser qu'en cherchant sur Internet, on trouve comment détruire Internet. Tout est là.

Le trajet dure encore une dizaine de minutes, dans la nuit désormais d'autant plus noire qu'ils s'éloignent de la ville, quittent les zones résidentielles et débouchent dans la baie de Meadowdale. Ils sortent de la voiture. June frissonne dans le vent humide et attrape sa bobine d'étiquettes. Oliver passe un bras autour de sa taille, puis Evan les rejoint, ils s'enlacent, se reposent tête contre tête. June ouvre un œil, vérifie que personne ne les observe.

— C'est dommage qu'il faille ça pour qu'on fasse enfin un road trip tous les trois.

Les deux autres acquiescent, mais ne développent pas, tant la tension est montée d'un cran, tant il faut repousser toute discussion à plus tard. Ils sont désormais debout face à l'océan, dans la nuit, dans le vide et le seul bruit des vagues. Evan ouvre l'ordinateur portable qu'il tenait à bout de bras, une lumière blanche se reflète sur son visage.

— Il faut emprunter le passage sous la voie ferrée, là où passe le ruisseau. J'ai trouvé des photos d'un employé des télécoms qui est allé jusqu'à l'eau avec un *selfie stick* et qui prenait des photos tous les dix ou vingt pieds. Il a suivi ce passage le long de la gaine en cuivre, là, dans le sol. Ça ne peut pas être une coïncidence.

— Et ensuite ?

— À Lynnwood ? C'est à une dizaine de miles. Il y a un ponton qui avance dans l'océan, avec une déchetterie juste en face, un générateur électrique de la taille d'une maison et un panneau qui dit que la benne à ordures est sous vidéosurveillance. Je vois pas pourquoi une benne à ordures serait sous vidéosurveillance, donc…

— Et les trois prochains jours ?

Evan commente la liste affichée sur son écran et les photos qui y sont associées.

— À Warrenton, je suis pas encore sûr de l'avoir trouvé. Il y a un seul panneau sur la plage, avec beaucoup d'interdictions, mais il est illisible. Au pire, c'est un câble qui part vers l'Alaska, c'est pas le plus important. À Hillsboro, la station d'atterrissement des câbles est aussi le centre d'un opérateur téléphonique, on regardera l'adresse juste en arrivant. Ensuite il y aura la plage de Nedonna – un panneau qui dit

« à pied seulement ». Pacific City – le câble est droit dans l'axe du pont qui mène à la plage. Florence – plus difficile aussi, mais c'est un autre câble pour l'Alaska. Five Mile Creek – j'ai la photo satellite, mais il n'y a rien ni personne sur une immense plage, il faudra qu'on cherche. Il nous restera ensuite la Californie, avec Manchester, Morro Bay, San Luis Obispo, Grover Beach, Los Angeles, Manhattan Beach, Hermosa Beach et Redondo Beach.

23.

La nouvelle passe aux limites de la plaque continentale eurasienne, à proximité des îles Senkaku. Là-bas se trouvent une quinzaine de cousins de FLIN, dans lesquels circulent d'autres informations, par exemple le fait que les cinq îles Senkaku, inhabitées, ont été isolées géologiquement pendant des siècles, ce qui leur permet d'abriter des espèces rares comme l'albatros à queue courte ou la taupe de Senkaku. La nouvelle, à l'intérieur des cousins de FLIN, contourne les îles de grès et la fosse d'Okinawa, fait halte à Taïwan avant de repartir en mer de Chine méridionale. Dans l'axe des îles Spratleys, le trafic est plus dense, les cousins de FLIN slaloment entre les récifs coralliens et les bénitiers géants, évitent les chaluts et les poches de gaz, s'enfoncent peut-être dans quelque hydrocarbure. La nouvelle se mêle aux mérous et aux serpents marins, suit les cargos et les pétroliers, descend vers Singapour en direction du détroit de Malacca.

Si ce n'est qu'elle y circule, la nouvelle est indépendante de l'histoire des câbles et du projet de la Panne, c'est un hasard, une coïncidence qui s'introduit dans la vie de Kuan vers 7 h 15 quand il allume sa télévision à écran plat incurvé. Comme tous les matins, il fait les cent pas en se brossant les dents et en boutonnant sa chemise, en profite pour regarder les informations. Cette nouvelle-là fait boule de neige – avec le papillon et les dominos, la liste des métaphores causales s'allonge. Un homme s'exprime à la télévision, face caméra, accoudé à un bureau. Dans l'angle supérieur droit, une vignette montre l'image d'un cargo, du genre de ceux que Kuan fait entrer et sortir du port 3 200 fois par jour. Les propos de l'homme sont très clairs : « faillite ». Le numéro deux du transport maritime mondial fait faillite.

On ne s'attardera pas sur les causes, mais clients et investisseurs n'ont rien vu venir. C'est la panique. Kuan éteint la télévision, attrape sa sacoche et s'élance dans la rue. Dans le métro, il fait défiler tous les médias sur son téléphone, cherche des détails, il est en sueur. Il essaie surtout de répondre à une question : que fait-on dans ces cas-là ?

De mémoire d'homme, jamais une compagnie gérant 400 cargos, responsable de 85 millions de mètres cubes de marchandises, n'a mis la clé sous la porte aussi soudainement. Surtout que cette porte, ce sont les océans. Où se trouvent les cargos ? À qui appartiennent-ils dès cet instant ? Où vont-ils ? À l'accueil du port, Kuan aperçoit cinq représentants des cinq plus gros exportateurs d'électronique, visiblement impatients d'être reçus. Kuan se faufile. Eux sont là pour les marchandises. Lui a des cargos à gérer.

La conclusion de la réunion de crise convoquée par les autorités portuaires est éloquente : on n'accepte plus ces cargos à quai. Les hauts responsables comme Kuan sont interrogés du regard. Est-ce que c'est bien clair ? Ces cargos peuvent aller où bon leur semble, le port de Singapour ne les admettra pas à quai. Les prochaines semaines vont être longues. Les firmes vont vouloir récupérer leurs marchandises. Les familles des marins vont peut-être s'exprimer dans la presse. Il faudra être ferme. Tant que personne ne se porte garant du paiement des frais qu'engendre l'amarrage d'un tel cargo, on ne l'accepte pas à quai.

Kuan laisse flotter son regard dans le vague, sur la table de conférence. Dans sa rêverie, il y a ce sentiment difficile à qualifier, parce que rare. La conscience de vivre un moment historique et d'en être une pièce maîtresse. L'impression que le destin vous ouvre une voie qui a toujours existé à votre insu. Kuan découvre que son rôle – qu'il avait intégré, qu'il pensait mécanique – est immense. Il pourrait s'opposer à cette décision. Il pourrait dire que ça ne se fait pas, d'abandonner des hommes en pleine mer. Il pourrait dire qu'il refuse de mettre des industries et leurs clients en difficulté, par rupture inattendue du circuit bien huilé de l'économie mondiale. Il pourrait dire que les smartphones flottant dans les eaux internationales ne serviraient à personne, pas même aux requins qui pourtant attaquent les câbles, se polluent au mercure et nous embellissent de leur squalène, tout ce qu'on sait à présent. Kuan pourrait, mais il ne dit rien.

Pendant la réunion, Kuan sort sa tablette et saisit quelques codes de cargos en faillite qui s'apprêtent à entrer au port. Bien sûr, il ne sait toujours pas ce que transportent ces cargos, il n'a pas accès à cette information, mais il reconnaît la marque, sur les conteneurs, qui se trouvait aussi sur le train de Baotou, aperçu au bord du lac noir au moment de quitter Samuel. Cette marque de méga-industrie se retrouve de Baotou à Shanghai, de Shanghai à Singapour, puis dans tous les ports du monde, et Kuan comprend que ces matières premières indispensables aux commerces high-tech se trouvent très probablement sur ces cargos. Il pourrait le dire, mais il ne dit rien.

En arrivant à son poste de travail derrière la baie vitrée, Kuan sait que les prochaines semaines lui demanderont une dose d'énergie extraordinaire. Il a néanmoins un sourire de soulagement aux lèvres, parce qu'il n'a plus à prendre de décision. Il va retrouver Lu Pan, ne changera pas de vie, ne s'embarquera pas pour la mer de Chine, ne réhabilitera pas ce rêve d'aventure et de construction, ce n'est pas la direction que sa destinée doit prendre. Derrière la grille qui délimite la zone portuaire, il voit avancer plusieurs silhouettes courbées sur l'écran de leur smartphone, à la recherche d'un câble qui traînerait sur le sol, à la recherche d'une photo qui ferait le buzz. Le matériel nécessaire pour entretenir ces câbles sera bientôt perdu, Internet deviendra inerte. Kuan se voit participer à cette atteinte, couper les fils du monde virtuel. Il va retrouver Lu Pan. Il n'imagine pas que son éloignement puisse être dû à autre chose.

24.

Matteo empile les boîtes dans le caddie du supermarché. Contrairement à Kuan ou à Oliver, l'alignement n'a jamais été son truc – il préfère se mouvoir en trois dimensions dans l'eau – et on voit bien qu'il ne fait pas ça très bien, qu'il agence comme il peut mais que ça ne ressemble à rien. Les conserves de tomates roulent au fond du caddie, les paquets de riz se couchent, le lourd écrase le léger. Il aperçoit le rayon « Surgelés », s'enflamme un instant sur les avantages des grandes contenances avant de se rendre compte que le congélateur risque de s'éteindre avec Internet, selon l'ampleur de la panne. Pénélope a ri quand elle l'a vu partir faire des provisions. Qui eût cru que Matteo avait en lui cette tendance catastrophiste ?

Pour ne pas éveiller les soupçons, il fait des courses apocalyptiques tous les trois jours, chaque fois dans un magasin différent. Ce qu'il faudrait pour survivre à un effondrement de la société, il ne le sait pas très bien, et sa seule source vient de la déferlante de films et de séries visionnés depuis l'enfance. Dans *The Road*, l'abri anti-tornade contient du dentifrice et du whisky, dans *Lost*, le bunker laissé par la Dharma Initiative déborde d'énormes bidons de sauce ranch. Matteo s'est toujours demandé comment étaient choisis ces ingrédients, mais il n'aurait jamais pensé être lui-même confronté à la question. D'après son analyse, les produits comme la sauce ranch, qui ne sont pas de première nécessité, sont là pour le moral des troupes – devrait-il en tenir compte ? – ou pour faire avancer l'intrigue. Chaque fois qu'il se remémore une référence, il la partage avec Pénélope, qui l'écoute avec attention et entre dans son jeu. Ils en rient – ah ces Américains avec leurs sauces ! –, s'imaginent rationner leur riz et leurs conserves pour l'éternité. Ils se créent leur propre fiction.

Dans l'appartement, Matteo salue brièvement les silhouettes rassemblées dans le salon et embrasse Pénélope. Il lui demande si ça va, les crises d'angoisse, si elle a besoin de sortir, mais son regard est intense, fier, affirmé.

— Ça va. C'est pas pareil, ce projet.

Elle lui présente deux Anglais et une Irlandaise, qu'elle vient d'aller chercher à l'aéroport, en plus de la Polonaise, du Grison et du Zougois qui sont là depuis ce matin. Elle chuchote pendant qu'ils installent leur matériel, passe sa main sur la joue de Matteo, dit quelque chose comme « merci ». Sa main est ferme, sa voix posée. Matteo se rend à la cuisine, entreprend de ranger le stock de nourriture. Les bruits depuis le salon lui apprennent qu'une liaison vient d'être établie avec un autre groupe de hackers.

— Tu n'as pas oublié les pizzas ? demande Pénélope qui surgit dans son dos.

Si, il a oublié les pizzas.

Pendant l'après-midi et la soirée qui suivent, Matteo circule dans leur petit deux-pièces pour stocker des provisions pendant que les hackers travaillent dans la pièce principale. Il va sur Internet, imprime des cartes et des recettes de cuisine, des copies scannées de leurs documents d'identité ou de leurs CV, il a même le temps de survoler l'arborescence de leur Dropbox commune, d'imprimer quelques images qui leur sont chères. Matteo réfléchit à ce qui pourrait leur être utile. Que pourront-ils bien chercher d'ici quelques jours, et se plaindre de ne plus trouver en l'absence d'Internet ? Ils ont calculé qu'ils faisaient chacun en moyenne 85 requêtes par jour, que ce soit pour trouver une adresse ou vérifier le temps de cuisson des brocolis. Matteo a l'impression de préparer un déménagement définitif. Ils vivaient jusqu'ici dans deux mondes. Ils s'apprêtent à en quitter un.

Tout en rassemblant les documents, Matteo ne peut s'empêcher de saisir des bribes de conversation.

— Pendant l'attaque d'octobre 2016, ils avaient hacké 100 000 objets connectés. Ils en sont à cinq fois plus.

Matteo imprime le dernier relevé de leur compte commun, superpose les conserves au sommet du placard, empile des paquets de riz contre le mur du couloir en songeant aux barrages militaires faits de sacs de jute.

— Regardez la carte ! Regardez comme les attaques augmentent !

Il sort le matériel de camping, les lampes de poche, les piles de rechange et le couteau suisse. Dans la même boîte se trouvent une clé USB désaffectée, des câbles et des adaptateurs, micro-USB vers HDMI, HDMI vers Ethernet, VGA vers HDMI. Matteo se rappelle que Pénélope lui avait appris à les reconnaître, au début de leur relation. Il se surprend à considérer ce domaine qui ne l'a jamais vraiment intéressé avec une nostalgie préventive. Il retourne vers l'ordinateur, ouvre Facebook et Twitter, saisit sur Google « choses cherchées sur Google ». Quand il commence à taper la phrase, les suggestions de recherches le font rire. Est-ce que bientôt il va perdre tout ça ?

— C'est quoi cet endroit sur la côte sud de la Finlande ? C'est là que Birgit a posé notre *backdoor* ? Elle a pas eu de problème avec le boîtier ?

Matteo a rangé la nourriture dans tous les coins, dans tous les placards, dans tous les interstices. Il attrape le casque audio de Pénélope qui ne s'en sert pas, se rend dans la chambre dont il ferme la porte, enfile le casque et regarde par la fenêtre. Sa respiration s'accélère. À travers le mur et le casque, il les entend encore, mais comme dans un rêve, déformés, lointains, brouillés.

— Le VPN est en place. On est connecté au réseau local. Cette fois, c'est la phase finale !

Le casque sans musique sur les oreilles, Matteo regarde par la fenêtre. Il aperçoit une voisine âgée qui revient de sa promenade, un homme qui gesticule au téléphone sur le balcon d'en face, trois adolescentes en grande séance de selfie au pied de l'immeuble. Il se répète ce que lui a expliqué Pénélope et qui paraît si simple : on retournerait la redondance du Web contre lui-même, attaquant sur tous les fronts à la fois. Ce groupe, dans son salon, fait brûler les bandes magnétiques où sont conservées les données d'un des plus grands data centers européens, alors que d'autres lancent des DOS, ou attaques par déni de service, qui consistent à surcharger des serveurs avec du trafic inutile jusqu'à ce qu'ils plantent. Une attaque par DDOS, c'est la même chose, mais avec plusieurs attaquants. Dans ce cas précis, les hackers ont pris pour modèle une attaque d'octobre 2016 qui avait détourné 100 000 objets connectés de leur usage pour les transformer en attaquants. Matteo se rappelle les propos qu'avait tenus Pénélope à l'époque.

— C'est promis à un bel avenir.

Puis, devant l'air réprobateur de Matteo.

— Enfin, d'un point de vue hacking, je veux dire.

Matteo ouvre à présent les armoires et les tiroirs. Il les ouvre comme quelqu'un qui entre pour la première fois dans une chambre d'hôtel et s'apprête à y déployer sa vie, sauf qu'il fait l'inverse, il fait l'état des lieux, l'inventaire mental de leurs propriétés, dans un besoin d'être actif face à l'attente. Leurs piles d'habits comprennent essentiellement des modèles bon marché. La pharmacie, quelques sparadraps dans une pochette en tissu. Pénélope et lui ont privilégié les choix de vie qui leur convenaient – petits salaires mais jobs intéressants – plutôt que les possessions matérielles, mais il est vrai que la possibilité d'acheter ce qui manquait était toujours à proximité. Comment imaginer ce que sera la suite ?

25.

Lu Pan enfile son t-shirt. Le coton neuf se déplie sur ses épaules et caresse sa peau, il jette un œil à ses quatre partenaires qui portent le même, couvert de logos de compagnies de high-tech ou de jeux vidéos. Ils se sourient, se réunissent en cercle et s'entourent de leurs bras, la tête au centre regardant vers leurs pieds. Ils émettent un cri symbolique pour marquer leur union et entrent dans la salle.

Lu Pan essaie de ne pas être impressionné par les centaines de fans qui se lèvent de leur siège. Mais la manager qui marche derrière lui l'attrape gentiment par l'épaule, le dirige vers la foule où il serre quelques mains, remercie, pose pour un selfie. Il suit son équipe en file indienne, dans le couloir puis jusque sur la scène. Au moment de rentrer dans la cabine de verre, il est nerveux, sa main gauche tremble, il tâche de fermer discrètement les yeux pour se calmer et visualiser ce qui l'attend, son avatar, la stratégie dont ils ont convenu. Lu Pan n'a jamais dit à personne que cette cabine de verre, sans qu'elle représente réellement un souvenir, lui rappelle les descriptions de son père, rentrant du port de Yangshan où il travaillait comme grutier. Il semblerait que les cages de verre constituent des lieux de travail fréquents. Il rouvre les yeux, s'installe derrière son ordinateur, vérifie les réglages. Il se penche vers ses coéquipiers pour écouter le récapitulatif des opérations, murmuré par le chef d'équipe pour que leurs adversaires, dans l'autre moitié de la cabine, ne les entendent pas. Les écrans géants sont connectés aux ordinateurs des deux groupes, le commentateur a pris place. Le corps entier de Lu Pan est déjà dans le jeu, concentré, déployé. La manager dit « Ça va aller ». Puis « Bouffez-les ». La partie commence.

Quand ça se produit, le volume sonore augmente d'un coup, fait de râles d'étonnement et du ton interrogatif des spectateurs. Lu Pan n'ose pas se retourner, mais les cris de l'équipe adverse lui font comprendre que l'un des ordinateurs s'est déconnecté du réseau, excluant son joueur de la partie. Le modérateur se penche vers le règlement – ces cas sont embêtants –, c'est la confusion. La discussion n'a pas le temps de se transformer en polémique que deux autres écrans affichent un message d'erreur, dont l'un chez le voisin de Lu Pan, dans sa propre équipe. Les écrans restants suivent, les avatars sont paralysés, joueurs et ordinateurs tressaillent. Sans transition, le vrombissement des ventilateurs de PC est submergé par le grondement de la foule qui enfle comme un orage. Parmi le tonnerre et les éclairs, Lu Pan entend cette information : « Il n'y a plus de réseau. »

dans le jeu de Lu Pan{

Dans la grotte, il fait noir. Un son sourd s'en échappe, comme un roulement de timbale rouillée. Il allume des torches pour éclairer l'entrée. Il découvre une énorme araignée, pareille à celles qu'il voit le matin autour de sa cabane. Il la tue, utilise sa toile pour se construire un arc. Il rêve aussi d'une canne à pêche, mais il lui faudrait d'autres araignées.

Il organise l'exploration de la caverne de manière minutieuse, récolte tout ce qui pourrait servir : charbon, pierre, gravier, terre. L'avancée dans la grotte est un évidage, une mise en ordre des ressources. Mais après une courte distance, la caverne se divise en quatre passages, plus étroits et escarpés. Il songe à ces contes où le héros doit choisir entre plusieurs portes, toutes menant à une mort certaine, sauf celle qui mène à la résolution. Il est vraiment trop tôt pour mourir.

Il décide de placer les torches à droite du boyau, ce qui lui permettra, en remontant ou en cas d'intersection, de suivre les torches qui se trouveront sur sa gauche. La méthode lui paraît satisfaisante, jusqu'au moment où un tunnel le ramène à une zone déjà explorée. La grotte émet des sons, des chuintements. Ce sont des bruits qu'il entend également la nuit, autour de sa cabane, et qui ont acquis un certain statut de normalité, sans qu'il en distingue pourtant l'émetteur. Il a peur, mais il faut qu'il avance. Cette grotte, ses profondeurs, sa noirceur, il doit en atteindre les entrailles, n'en ressortir qu'avec la certitude de l'avoir complètement inventoriée. Les torches forment un halo rassurant et civilisateur. Les limites de la lumière sont celles de son monde. Il veut aller au-delà.

Il y a des formes qui bougent. Il en est sûr à présent. Des cliquetis d'os brisés, des ondulations dans le noir. Contre le mur, il distingue une tache mobile, vaguement organique. Il s'en approche sans trop de prudence. Il a la frayeur de sa vie lorsque la chauve-souris s'envole en le réprimandant de petits cris aigus.

Il se sent projeté vers l'avant sans en comprendre la cause. Quelque chose l'a frôlé, de lourd, de rapide et d'agressif. C'est bien un bruit d'os entrechoqués et il en voit tout à coup la source devant lui, un squelette entier, debout, s'avançant vers lui avec des petits yeux pierreux. Il brandit son épée. Il est fiévreux, délirant. Le noir prend des allures de cauchemar.
]

Quatrième partie

Septembre

26.

Une feuille de papier s'envole au-dessus d'une grille d'aération new-yorkaise. C'est une feuille au mouvement aléatoire, format journal, qui rappelle la carte du monde câblé qu'avait laissée s'échapper Birgit au même endroit. Sous la grille d'aération se trouvent les canalisations et les cousins de FLIN, vidés de leur sève numérique. Le journal titre « Cinq mois sans Internet ».

Avant, il arrivait que les serveurs des géants de la high-tech tombent en panne pendant quelques heures. Les dérangements causés constituaient un événement mineur, mais suffisaient pour apparaître, en brève, dans les médias, au même titre qu'un carambolage ou un fait divers. Depuis, la presse écrite s'est fait le relais d'une histoire oubliée, celle d'Internet et de son fonctionnement. On parle du premier câble transatlantique posé en 1858 pour le télégraphe, des cachalots qui s'y étranglaient, des requins qui les attaquaient, on interviewe des routiers qui certifient recevoir leurs ordres de livraison sur des tablettes connectées, sans lesquelles il leur est impossible d'approvisionner les supermarchés. Les rayons des magasins sont vides, les quelques produits proposés montent à des prix exorbitants. Comme dans une fiction post-apocalyptique, il y a eu des pillages et des émeutes, qui ont permis à certains de constituer des réserves, à d'autres de mettre la clé sous la porte.

Les scénarios, d'ailleurs, se sont avérés utiles. Les gouvernements ont ressorti d'épais dossiers préparés par des experts pour anticiper diverses catastrophes : accident nucléaire, guerre, pandémie, chute de satellite. Les prédictions tombent plutôt juste. Seul l'intervalle de temps dans lequel les choses arrivent accuse un écart. Au bout de trois jours, la police de Portland enregistrait une hausse de 900 % des actes de petit brigandage. Le quatrième jour, l'organisme de contrôle des marchés financiers ordonnait la fermeture de la bourse de New York, malgré les efforts des coursiers qui avaient sué pour remplacer les milliers de transactions effectuées chaque seconde par des algorithmes. Le lendemain, les banques du monde entier annonçaient une limite des retraits d'argent, qui ne peuvent désormais se faire qu'aux guichets, puisque les distributeurs automatiques sont hors service.

Concentrés sur leur but, Birgit et ses complices avaient négligé de s'intéresser à ces intrications. Certes, des lieux communs avaient fusé : dans le nouveau monde, il faudrait se parler davantage, être plus solidaires, on retrouverait le calme, surtout. Mais la multiplicité des services liés au réseau leur a échappé : les pompes à essence, les feux de circulation, une partie des réseaux téléphoniques et télévisuels. En réalité, aucun ne souhaitait la destruction totale d'Internet, mais ils ont œuvré par motivation individuelle et par provocation, par plaisir de déjouer les règles et par insoutenabilité du monde. Evan a assouvi une vengeance personnelle. Pénélope relevait un défi informatique qui répondait aussi à un malaise existentiel. Birgit a vu dans ce projet un moyen de focaliser sa colère, son rejet amoureux et son échec professionnel, puisque travailler à changer le monde selon les règles ne l'a pas satisfaite. Kuan, lui, a agi par la négative, par refus d'intervenir face à ce qui se démantelait.

Le réseau téléphonique a localement été réparé grâce à l'ancien réseau commuté, support historique des téléphones fixes qui était encore en place. C'est un bricolage fragile, les ralentissements sont nombreux et pressent les conversations, mais c'est déjà un réseau qui se substitue à l'hébétude. Car s'il est une réaction mentale qui domine, c'est celle-là. Qu'est-ce que c'est que cette histoire de câble ? Ne parlait-on pas d'Internet sans fil ? La presse fournit les réponses, rappelant que les liaisons satellites, avec leur lenteur et leurs coûts astronomiques, sont réservées aux hôpitaux, à l'armée, au gouvernement, aux bateaux en pleine mer.

Sur la double-page volante du journal figure une carte couverte de différents symboles, qui récapitule la situation. La coupure des câbles océaniques à leurs points d'atterrissement sur le continent – pastilles bleues – était un acte coordonné, mais l'ensemble de cet événement historique résulte d'un mauvais hasard, d'un concours de circonstances. La faillite du deuxième armateur commercial mondial a immobilisé en mer les matières premières nécessaires aux réparations – icônes de bateaux noirs sur la carte, zone hachurée dans le nord de la Chine pour en signaler la provenance. Des coupures de câbles terrestres ont aussi eu lieu, moins systématiques celles-ci – petits points verts correspondant à l'usage du hashtag #cutthecable dans les heures qui ont précédé la panne. On ne sait toujours pas si le quatrième événement – triangles rouges sur une poignée de data centers ciblés par des cyber-attaques – a été pensé de manière indépendante.

L'été qui vient de s'écouler était teinté d'étrangeté. Des notions comme celles de « vacances » ou de « travail » ont commencé à changer de place dans les esprits, à se déformer, leurs contours deviennent flous. Avec l'arrêt d'Internet, des millions de personnes dans le monde ont perdu directement leur emploi. Puis, en raison de l'impossibilité d'envoyer des mails, nombre d'entreprises et de services publics ont peu à peu renvoyé les employés chez eux. Effet collatéral inattendu, le ciel, suite au ralentissement des activités humaines, est plus clair, plus pur, plus bleu. Des chargés de projets sans projet se retrouvent à contempler les nuages. Des traders redécouvrent l'éblouissement de la lumière dans les herbes du jardin, avant de se mettre à récolter les patates pour le repas de midi.

L'article qui accompagne la carte dans le journal donne la parole à un sociologue des jeux vidéos, qui explique qu'Internet a modifié le rapport au temps, comme l'avaient fait autrefois l'agriculture ou l'imprimerie. Il existe désormais, le temps, de nouveau. Il faut le prendre en compte. Il faut prévoir l'alimentation sur le long terme, penser proximité, temps de croissance, temps de transport, s'interroger sur la provenance et la fabrication des objets. Qui fait ça ? Comment ? Ce qu'on possédait au moment de la panne fait désormais office d'équipement pour l'avenir, pour le nouveau monde en train de se forger. Il faut attendre, surtout, attendre que les légumes poussent, attendre que ce soit son tour, attendre que quelque chose se passe. Il est tout à coup palpable, le temps, mais il est désœuvrant.

Imaginons que l'humanité se trouvait sur un énorme paquebot, voguant à 27 nœuds sur un océan inconnu – j'insiste sur « inconnu », car l'humanité a beau avoir envoyé une sonde à l'extérieur de son propre système solaire, elle ne sait pas tellement où elle va. Les politiciens voient à l'échelle de leurs mandats, les scientifiques à celle de leurs découvertes, mais qui, dans la vie, sait vraiment où il va ? Cette humanité sur ce paquebot donc, est soudain passée de 27 à 12 nœuds. Le ralentissement a provoqué un coup de mou, un élan du corps qui se plie vers l'avant, qui ne comprend pas pourquoi on l'arrête dans son mouvement. D'autant plus que le ralentissement n'a pas eu lieu, comme il se devrait, à l'approche d'un continent inexploré, mais en plein océan, suscitant de l'impatience et de la frustration, une impression de mourir lentement sans jamais atteindre une nouvelle terre.

27.

Dans les jours qui ont suivi la panne, June, Oliver et Evan se sont retirés dans la cabane au bord du lac dont il a déjà été question. Ils n'étaient pas fiers de leur action, mais ils voulaient marquer le coup, et aussi se tenir à l'écart de la ville le temps que les choses s'apaisent. L'été a passé dans cet état de repli étrange, avec la conscience que le monde se déchaînait non loin d'eux mais qu'ils n'en percevaient rien. La chaleur se démenait, la panique autour d'eux était suffocante, mais invisible. Oliver faisait des allers-retours en ville et rapportait des nouvelles de la situation. Les premiers jours n'ont pas été si différents de leurs retraites habituelles, mais l'ennui a fini par se pointer, ils ont dû réfléchir à des activités pour occuper leur temps. Evan dit avec humour qu'il a toujours voulu faire une *digital detox* sans jamais s'y résoudre. Il retrouve le sourire.

Lorsqu'ils sont redescendus en ville, ils se sont trouvés confrontés aux mêmes problèmes que Birgit, Matteo, Pénélope, Kuan, Lu Pan, ainsi qu'une bonne partie de l'humanité. Le job de community manager d'Evan n'a plus de sens puisque le monde virtuel dans lequel il opérait n'existe plus. Il y retourne parfois, le matin, pour voir. Sur le parking où il sortait faire une pause pour profiter d'un rayon de soleil ne se trouve plus aucune voiture. L'espace n'est plus entretenu. Des mauvaises herbes commencent à poindre entre les failles du bitume, soulevé par endroits par quelques racines.

La vie professionnelle d'Evan était intimement liée à Internet, et c'est ce qui l'a rendu si exposé, mais c'est aussi ce qu'il aimait, ce côté social globalisé. Lorsqu'il participait à un débat autour d'un article, il appartenait à une même communauté intéressée par ce sujet, et cette communion fondamentale importait plus que le lieu de résidence, l'âge ou la nationalité des participants. Le métier d'Evan nécessitait des compétences qui allaient au-delà du Web – gérer des communautés, modérer des conversations envenimées, rédiger des textes en visant une clarté maximale et universelle. Aujourd'hui, ces compétences lui semblent plus inutiles que jamais.

C'est grâce à June et à Oliver que leur ménage tourne, qu'ils ne subissent pas le sort des millions de personnes proches de la folie, condamnées à survivre avec les tickets de rationnement de l'armée. Les produits que June prépare dans son atelier, ses réserves de conserves ou de shampoings, leur permettent de faire du troc et d'obtenir toutes sortes d'avantages. June n'y a pas cru, dans un premier temps. Elle disait : « Du shampoing ! J'ai quelques conserves, d'accord, mais du shampoing ? Qui se soucie de shampoing dans une situation pareille ? » Et elle riait, parce qu'elle n'a rien perdu de son optimisme, parce que ce nouveau monde, au fond, pour elle, est juste une version simplifiée du précédent. Mais il s'avère que beaucoup de gens, même en période de crise, se soucient d'avoir les cheveux propres.

À la librairie, Oliver est débordé. La fréquentation n'a jamais été aussi élevée. Le rayon le plus consulté tient sur un segment d'étagère autrefois anecdotique, qui concerne l'histoire des technologies. Dans l'ancien monde, seuls quelques journalistes ou scientifiques souhaitant croiser les disciplines se passionnaient pour ces ouvrages, somme toute assez fins au vu de l'importance du sujet dans la société. L'autre domaine qui rencontre un succès phénoménal est celui de la pornographie. Sans Internet, quantité de pulsions ne peuvent être satisfaites et l'approvisionnement difficile en magazines les rend précieux. À l'exception de ces journaux spécialisés que les gens sont prêts à payer très cher – ou à troquer contre des conserves, comme on l'a dit –, on lit debout, on s'assied aux tables sans rien commander. On relit, aussi, puisque les nouveautés n'affluent plus et que les commandes sont compliquées. Oliver n'a plus d'employés, ne pouvant les salarier, et prépare de gros pots de café noir qu'il laisse en libre-service au milieu des tables.

June est enceinte. Elle a identifié le moment de la conception à la première nuit qui a suivi la panne. Cette nuit-là, ils se trouvaient dans la cabane du bord du lac, et la soirée s'est déroulée comme lors de leur première rencontre, leur première mise en couple à trois, de nombreuses années auparavant. Ils ont veillé tard, beaucoup bu et mangé, ils étaient euphoriques. Alors que June pensait qu'ils allaient dormir, que plus personne n'avait la force d'entreprendre quoi que ce soit, elle a surpris les garçons dans l'entrebâillement d'une des chambres. Elle a voulu fermer la porte pour ne pas les déranger. Ils lui ont dit : « Attends ! Rejoins-nous. »

Elle est doucement passée de l'autre côté de l'embrasure, elle s'est déshabillée dans l'obscurité frémissante, elle exagérait la lenteur pour se laisser contempler par les garçons avant de sauter dans le lit entre eux deux, sous l'édredon déjà chauffé par leurs corps. Elle a su très vite qu'elle était enceinte. Ils le voulaient depuis des années, tout en admettant que rien ne pressait.

La question de l'école et de l'éducation qu'il faudra donner aux générations futures n'en est que plus concrète. June et Oliver ont fait de hautes études, mais, dégoûtés par le monde de l'entreprise, ont décidé d'ouvrir leur propre business. Evan n'a pas été à l'université, mais l'émergence des réseaux sociaux l'a passionné au point qu'il excelle dans ce domaine où convergent toutes ses compétences. June s'est souvenue d'un article qui listait les qualités qui feraient l'être humain du XXIe siècle. S'y trouvait à la fois « savoir programmer » et « faire un feu », « construire des meubles » et « être capable d'exprimer ses opinions par écrit de manière claire ». Elle songe parfois à cet article comme à une lecture qui a compté, voudrait le retrouver, relire son contenu détaillé, mais l'article a disparu avec Internet, dans le souvenir d'une époque où la vie en ligne prenait toute la place. En tout cas, ils sont d'accord sur une chose. Il faudra un mélange de tout ça pour cet enfant dont l'avenir est imprévisible.

Aujourd'hui, June, Evan et Oliver se rendent à pied au marché de Portland. Car oui, depuis que les cartes de crédit ne fonctionnent plus et que l'essence est hors de prix, les piétons, cyclistes ou charrettes ont réinvesti les routes. Au marché de Portland, il y a beaucoup de conversations animées, de mendiants, de vols, on n'est pas encore habitué à ce nouveau fonctionnement. Une bagarre démarre juste devant eux. Evan s'interpose, tente de raisonner les deux adversaires, qui retiennent leurs coups. June et Oliver sont impressionnés.

— D'où tu tiens ces capacités de négociateur ?
— C'était mon boulot.

Ils n'avaient jamais réalisé à quel point les compétences d'Evan, si elles s'appliquaient dans le monde numérique, se devaient d'être tout à fait réelles.

— Ce monde ou un autre… dit Evan.
— Tu vois que tu vas trouver comment t'occuper, dit June. Tu devrais faire de la politique.

— Ou rejoindre un de ces groupes de réflexion sur l'avenir du Web, complète Oliver. J'ai entendu dire qu'ils se disputent pas mal.

28.

Le bateau de Matteo approche du port de Drašnice, sur la côte croate. Depuis la terrasse ombragée du café, Pénélope aperçoit les filets remplis de poissons, les queues encore frémissantes, les écailles rutilantes sous le soleil faiblissant de septembre. Matteo saute sur le quai, dit quelques mots à son père qui se charge de terminer la manœuvre et rejoint Pénélope, lui accolant ses mains poisseuses devant la bouche comme un masque. Elle hurle, se débat : « Arrête ! » Elle ne plaisante pas. Il s'excuse.

— Alors, ce livre ? Tu trouves quelque chose ?

Elle soupire.

— Non. Enfin, si, mais c'est un vieux livre. J'avais commencé à m'intéresser à l'électronique grâce à ça, mais j'étais enfant. C'est très simplifié.

— Tu pourrais trouver quelqu'un qui t'aiderait ?

Pénélope regarde autour d'elle avec une expression d'impuissance.

— Qui ?

Ils laissent planer un silence fait de vent et de clapotis marin. Matteo reprend la parole pour relever que les poissons sont étonnamment nombreux, ces jours, qu'on dirait qu'ils réinvestissent l'espace laissé par le ralentissement économique. Au mutisme de Pénélope, il devine ses préoccupations.

— Ce n'est pas ta faute.

— C'est en partie ma faute. Et la tienne aussi d'ailleurs. On a participé à ça, on a voulu ça. Maintenant, je ne sais même pas si je dois chercher comment réparer Internet, comment mettre sur pied un autre réseau sans refaire les mêmes erreurs ou comment aller de l'avant sans ça. Et de toute façon, je ne sais même pas comment chercher. RIP Google.

Matteo a vu juste en faisant des réserves de nourriture, en imprimant des cartes et des informations qui pourraient leur être utiles, ce qui leur a permis de subvenir à leurs besoins pendant les premiers jours. Ils restaient dans leur appartement, ressortaient des jeux de société auxquels ils ne jouaient plus, ignoraient l'effondrement comme ils avaient ignoré les risques de réussir ce qu'ils entreprenaient. L'insouciance a duré une semaine, jusqu'à ce que les cris de la rue pénètrent l'immeuble, puis le palier. Ils ont soudain compris qu'on ne pouvait attendre un rétablissement immédiat, et que la nécessité de rejoindre une communauté s'imposait. La famille de Matteo, dans ce village de pêcheurs croates, les attendait fiévreusement.

Matteo a donc vu juste pour ce qui est du matériel, mais il se rend compte qu'il a omis l'impact de la panne sur un domaine bien plus vaste et incertain : l'idée que les gens se font d'eux-mêmes, de leur rôle dans la société, leur conception des choses. Si Internet était physiquement fragile, ses multiples racines dans le quotidien de chacun ne l'étaient pas. Beaucoup ont perdu un travail qui, à défaut de donner du sens à leur vie, les occupait. Pénélope savait créer ces petites entités digitales que les gens utilisaient tous les jours et qui restaient pour la majeure partie d'entre eux un mystère. Matteo a une approche différente, la plongée est un vecteur plutôt qu'un travail en soi et il peut tout aussi bien la pratiquer ici, dans ces eaux azur qui lui semblent plus vraies que l'eau turbide des ports. En plus de l'emploi, la plupart des gens ont perdu des photos stockées en ligne, des listes de préférences musicales ou cinématographiques, des contacts, puisqu'on ne téléphone plus qu'à quelques proches. En même temps que les câbles, les liens sociaux se sont rompus. Les gens sont isolés, une partie de leur identité est effacée, disparue à jamais avec la destruction des données.

Matteo attrape une chaise, qu'il pose à côté de celle de Pénélope et s'assied. Ils sont tous les deux faces à la mer bleue et verte, la mer qui n'a pas changé, en surface du moins, qu'est-ce qu'elle en a à faire, la mer, que les humains soient tout à coup désœuvrés. Il prend la main de Pénélope, par dessous, l'embrasse sur le dessus.

— Demain, ce serait bien d'aller à Makarska. On a encore du poisson et des céréales pour un moment, mais il ne faudrait pas se retrouver à court. J'ai dit à mon père qu'on pourrait y aller tous les deux. Il est fatigué, avec toutes ces sorties en mer.

— C'est jour de marché ?

— Oui. Enfin, c'est jour de marché tous les jours maintenant. Mais c'est aussi le jour où le bateau vient de Sumartin. Il y aura peut-être plus de choix.

— On y va comment ?

— À vélo. Ma mère préfère économiser l'essence de sa voiture.

En quittant la Suisse, ils pensaient jouir d'une situation privilégiée, puisque des bus partaient régulièrement pour les Balkans à des prix bien inférieurs à ceux du train. Mais le coût des transports augmentait chaque jour, ils ne pouvaient pas se payer le voyage, alors ils ont opté pour les vélos, qui étaient leur mode de transport quotidien. Le trajet a duré trois semaines, pendant lesquelles Pénélope est passée par tout le spectre des émotions. La tristesse d'abandonner son appartement à un sort incertain. La culpabilité face aux individus abasourdis qu'ils croisaient en chemin. La peur que ce départ ait quelque chose de définitif. Mais aussi l'étrange vertige de vivre un moment historique, l'étonnement d'être encore en vie, la beauté du soleil estival dans les plaines d'Italie du Nord dégagées de leur smog. On aurait dit que l'oscillographe des émotions humaines venait de se libérer d'un poids et de gagner en amplitude.

Depuis leur arrivée cependant, Pénélope navigue entre la colère et le déni. Derrière tout ce qu'elle a perdu – son travail, son utilité – ne reste que cette colère aveugle, qui n'accepte pas que les choses aient pu aller si loin, que le réseau ait pu si facilement s'effondrer. Matteo essaie de comprendre son désenchantement, mais Pénélope ne parle pas beaucoup. Le seul constat qu'il fait, c'est que les projets l'apaisent. Cette excursion à la recherche de nourriture en est un. L'idée que Pénélope puisse se mettre activement au roman qu'elle a toujours rêvé d'écrire, à la quête de ses origines en Corée du Sud, en est un autre. Quand Matteo évoque cette possibilité, Pénélope n'y voit pour l'instant rien de concret.

— Un roman ? Tu me vois écrire un roman, là ? Le monde s'écroule et j'écrirais un roman ? Et on irait comment en Corée du Sud, à vélo aussi ?

— On attend, on verra ce qui est possible au fil du temps. Tu pourrais déjà commencer par imaginer comment c'est, la Corée du Sud.

— Je peux pas aller sur int…

Elle a encore ce réflexe. Celui de croire que tout ce qui existe existe aussi en copie conforme dans une autre réalité, virtuelle, accessible, qui porte aujourd'hui un nom presque tabou parce qu'elle a disparu. Matteo voit bien que Pénélope comptait sur cet autre univers et qu'elle en est comme amputée, considérant ce qu'ils vivent à présent comme la fin du monde. Alors, quand Pénélope boude ou désespère, il dit parfois : « Tiens, le monde est toujours là. »

29.

On l'oublie, mais l'acte de Birgit, malgré ses bonnes intentions, était un acte criminel. De toutes les personnes qui ont contribué à la panne, elle était la plus exposée, la plus radicale, et elle était prête à en payer le prix. Sur les caméras de surveillance du data center finlandais, son visage était reconnaissable, et elle a signé de son nom le registre des visiteurs de l'accueil. En descendant du ferry qui la ramenait de Helsinki à Stockholm, Birgit n'a pas couru, n'a pas cherché à se cacher. Mais soit que la panique générale occupe suffisamment les policiers, soit que les images du data center aient brûlé en même temps que les données, personne ne l'a arrêtée. Elle a enchaîné en montant dans un train pour Copenhague. Six heures plus tard, elle était chez elle.

Elle n'a pas tenté de faire des provisions ou de se replier pour se protéger des conséquences de ses actes, non. Elle a pris son vélo, a roulé jusqu'aux docks dans le port du nord de la ville, s'est assise sur les rochers face à la Baltique, au milieu des hangars, des grues maritimes et des quais tout juste réchauffés par ce début d'été. Alors que le monde s'apprêtait à s'effondrer, elle avait besoin de se raccrocher aux choses qui fonctionnaient toutes seules, ces bateaux de pêche, ces silos remplis de matières, ce rythme bien huilé de l'activité portuaire. Elle ne savait pas ce qu'elle faisait, ce qu'elle attendait – il n'y avait plus rien à attendre – mais elle est restée là, a laissé le temps passer. À un moment – mais était-ce le vent qui la refroidissait ? – sa gorge s'est nouée, elle a eu de la peine à respirer. Elle voulait pleurer, elle en était proche, elle devait s'affranchir de toutes les larmes qu'elle n'avait pas versées pendant ses deux décennies de vie adulte. Mais pour l'instant, ça coinçait. Il faudrait du temps, du renoncement. Les larmes viendraient par vague, pendant les jours et les semaines qui suivraient, comme si le corps de Birgit ne pouvait traiter le volume émotionnel de la situation que par petites quantités. Jusqu'à la tombée de la nuit, Birgit est restée sur les docks. Elle ne savait pas quoi faire après. Elle s'attendait peut-être à ce qu'on l'arrête et qu'on décide enfin pour elle.

Quand elle a fini par bouger, ce n'était qu'à cause du froid, qui l'a ramenée machinalement chez elle. Elle y est restée plusieurs jours, à moitié groggy. Peu à peu, elle s'est rendu compte que c'était ce qu'elle voulait depuis longtemps : être témoin de la fin d'un monde. Elle avait été patiente jusqu'à l'extrême, bonne élève jusqu'à la saturation, elle n'en pouvait plus. Elle voulait une table rase, une chute abrupte, un déchaînement. C'était ce qui lui avait permis de retrouver l'énergie nécessaire à ce démantèlement, quand elle était au plus bas. Lorsque Pénélope l'avait contactée, elle avait alors œuvré à la destruction avec méthode et acharnement, ignorant que les effets seraient aussi dévastateurs, mais les souhaitant, y aspirant, pour des raisons qu'elle ne voulait plus tempérer ni analyser. Elle en éprouvait un mélange de honte et de soulagement. Elle pensait être prête à donner sa vie dans ce but-là, mais réflexion faite, deux choses l'en empêchaient : la curiosité de l'après – elle voulait être là pour y assister aussi – et Samuel. Elle continuait d'aimer l'idée de vivre dans le même monde que lui.

Si Birgit pleurait, elle s'en rendait compte, ce n'était pas à cause du défunt Internet. Ce n'était pas d'avoir perdu un travail auquel elle avait tant donné, ce n'était pas de constater le manque d'amis qui l'entourait. C'était des larmes face à sa propre bêtise, son entêtement aveugle. Elle avait le sentiment de s'être assise du mauvais côté d'une branche qu'elle avait sciée, et elle se rendait finalement compte qu'elle était mieux en bas, qu'elle n'avait jamais aimé cette place là-haut sur la branche. En coupant Internet, elle s'était aussi coupée des liens les plus importants pour elle, et le fait qu'elle les noue sur le Web ne rendait pas ces personnes moins réelles. Andrea qui avait lancé ce stupide challenge quelques semaines avant la panne. Ses clients de par le monde. Les hommes qu'elle rencontrait sur des applications de dating. Et bien sûr Samuel. Peut-être n'avait-elle participé à ce projet insensé que dans une tentative de se couper de lui, de mettre fin à ce sentiment qu'elle n'osait lui confier.

La faim lui a rappelé qu'elle pouvait être recherchée par la police, et qu'elle devait sortir de chez elle, où on viendrait certainement la trouver si l'enquête se précisait. Elle a fait son sac – elle possédait si peu de choses de toute façon – et a patienté devant une banque pour retirer de l'argent. Elle a passé la première nuit, hagarde, dans un parc au centre de Copenhague qui accueillait une tente pour réfugiés numériques. Un homme l'a reconnue, c'était celui du bar de sa dernière conférence avant de rencontrer June à New York, l'homme qui lui avait plu par son franc-parler. Il avait perdu son travail, délaissé femme et enfants, il portait les mêmes vêtements imbibés d'alcool depuis la coupure. Birgit a fait l'amour avec lui, sans entrain. Il lui a vaguement proposé de rester avec lui, elle n'a rien répondu, il lui a donné de l'argent avant de la quitter. Elle s'est ensuite retrouvée à Christiania, dans une soirée d'exercice méditatif où une femme en uniforme la dévisageait, elle a pris peur, s'est embarquée avec un couple pour l'île suédoise de Gotland, où elle a erré quelques semaines sur les plages venteuses. C'était la belle saison mais les touristes étaient moins nombreux cette année, les transports coûtaient cher et tout était plus compliqué, alors elle dormait dans le creux des dunes, pillant le surplus des épiceries délaissées par les vacanciers. Quand elle a voulu quitter l'île, elle s'est retrouvée en compétition avec une mère au foyer en fuite, qui n'avait pas supporté le manque d'échappatoire ludique que représentait Internet pour ses enfants et pour elle en leur absence. Les deux femmes ont rencontré un couple de Polonais qui repartait en voilier vers Gdansk, avec une place libre à bord. Elles n'avaient pas d'argent mais tout se monnayait. Birgit leur a offert son corps. C'est elle qui a embarqué.

Aujourd'hui, cela fait cinq mois qu'Internet s'est éteint. Birgit est en mouvement, comme avant, mais elle ne suit aucune trajectoire, elle fuit, dérive, se laisse porter, languissante mais confirmée dans cette certitude qu'on ne l'y reprendra plus, on ne l'attrapera pas, désormais elle fait ce qu'elle veut. Sur un toit du quartier de Beyoğlu à Istanbul, elle fume une cigarette devant son café – elle a recommencé, maintenant qu'elle n'a plus rien à perdre. Elle regarde le Bosphore, ses éternelles brumes suspendues entre deux continents, les petites navettes blanches qui les relient. Elle se répète des évidences, comme en écho d'elle-même. Tout fonctionne au ralenti. *Tout fonctionne au ralenti*. En face, c'est la rive asiatique. *En face, c'est la rive asiatique*.

Elle sort son téléphone, le seul objet qu'elle a protégé pendant ses péripéties des derniers mois. Dans une semaine, l'abonnement international qu'elle payait chaque semestre prendra fin. Dans quelques mois, son téléphone cessera de fonctionner, puisqu'on ne les répare plus désormais, on ne peut plus mettre à jour les versions, on ne peut plus fixer les bugs, on ne peut plus faire tout ça.

Elle déchire une partie de l'addition bloquée sous le cendrier, attrape un stylo au fond de son sac. Elle fait défiler son écran, se rend dans le répertoire, recopie quelques numéros de téléphone sur le morceau de papier. Samuel. Andrea. June. C'est la première fois qu'elle se résout à stocker des informations quelque part depuis la panne. Si les équipements électroniques tombent à leur tour, c'est tout ce qu'elle aura pu sauver pour retrouver les gens qui lui sont chers. Elle pourrait appeler Samuel, déjà, insister jusqu'à ce que les lignes ne soient plus engorgées et qu'il lui réponde. Mais alors que dirait-elle ? Comment vas-tu ? Je voulais simplement prendre de tes nouvelles ? Que se dit-on dans ces cas-là ? Que se disent deux personnes dont l'une a fait s'écrouler un monde pour faire cesser l'amour que l'autre ignorait ?

Birgit règle l'addition, plie le petit papier en deux, qu'elle glisse dans la poche avant droite de son jeans. Quand elle parvient dans la rue, elle achète une carte prépayée et une carte pour cabine téléphonique à un des vendeurs ambulants, avise une feuille volante scotchée contre un poteau qui s'agite dans les embruns. L'annonce porte des cœurs, des flèches et un petit téléphone rose qui font que Birgit s'esclaffe silencieusement, mais détache tout de même un numéro prédécoupé en bas de l'annonce. Elle glisse les cartes et le papier dans sa poche, à côté du numéro de Samuel, contre sa cuisse qu'elle caresse un instant. Elle sort son téléphone, suspend son pouce au-dessus de la touche « Appel », comme si elle effleurait déjà l'écran.

30.

Kuan pousse la porte de la confiserie Ji Xiang, à deux pas de l'appartement de Lu Pan. Autrefois, le succès des gemmes colorées de riz gluant était tel que les touristes, expats et locaux patientaient jusque dans la rue, en file indienne sous les manguiers et les amboines. Aujourd'hui, tout est restreint, ralenti, affaibli, changé. Devant l'impossibilité de payer par carte bancaire, seuls les petits commerces éphémères ou les boutiques très luxueuses comme celle-ci ont pu subsister. Kuan achète un assortiment de cinq gemmes, dont la jaune laisse encore deviner qu'elle est constituée de riz collé, crémé, ciselé de délicates gravures, alors que les autres rappellent – c'est voulu – l'atelier d'un orfèvre qui travaillerait des pierres précieuses extraites directement de la terre. Kuan ressort dans la rue, complète ses achats avec un durian, c'est le fruit préféré de Lu Pan et il sait que la cuisinière n'en prépare pas, elle fait partie de ceux qui ne supportent pas l'odeur. Les sachets dans la main gauche, sa sacoche dans la main droite, il s'approche des hautes tours modernes d'Everton Park.

Lu Pan est assis dans le canapé du salon, qui semble déserté si on se souvient des joueurs, fans, journalistes et coachs qui se tenaient là en permanence il y a encore six mois. Une semaine après la panne, alors que la situation était décrite comme de plus en plus sérieuse, un premier suicide avait eu lieu, et en avait entraîné un second la semaine suivante. Deux autres joueurs avaient choisi de rejoindre leur famille, leur présence dans cet appartement commun n'ayant plus de sens.Le jeu vidéo avait fait d'eux des stars mais le jeu vidéo était sur « Pause » pour une durée indéterminée, et l'équipe de Lu Pan était décimée. Ils n'étaient plus que trois et la cuisinière âgée, qui regardait la déconfiture de ces jeunes gens d'un œil attendri. Elle s'y était attachée, et dans l'ancien monde comme dans le nouveau, il fallait manger. Même sans compétition et sans écran, l'équipe vidéoludique conservait son aura. La cuisinière continuait de s'occuper de Lu Pan, de ses coéquipiers restants et de Kuan, qui venait de plus en plus souvent.

Lu Pan feuillette un magazine qu'il referme à l'approche de son père. Ce dernier déballe les morceaux de durian et les gemmes de riz gluant sur la table, ils mangent dans un bavardage tranquille, combien Kuan apprécie ce moment, cette normalité qui s'est instaurée dans leurs rapports. Kuan a beaucoup de temps, depuis que les activités portuaires se sont ralenties. Une fois le repas terminé, il déploie le jeu de mah-jong, Lu Pan distribue les tuiles. La semaine dernière, Lu Pan a gagné sa première partie contre son père, et ne s'est plus arrêté depuis. Ils en rient. Lu Pan dit qu'il est novice, certes, mais qu'il a quand même un certain entraînement. Kuan le dévisage.

— Un entraînement à quoi ? Tu oses comparer le vénérable mah-jong aux jeux vidéos ?

— Je n'oserais pas ! Mes jeux sont beaucoup plus difficiles.

Kuan émet un petit rire de défi, et ce réflexe le surprend lui-même. La légèreté n'a pas eu une grande part dans sa vie, et ces minuscules explosions de gaieté sont si neuves qu'il ne sait qu'en faire.

— J'ai jamais compris pourquoi tu jouais à des jeux plutôt que vivre la vraie vie. Je me rappelle un de tes jeux, où tu ne faisais que te balader dans la montagne, tu explorais des cavernes, tu construisais des choses avec des blocs. Si tu m'avais dit que tu voulais faire de la montagne, on aurait pu s'arranger. Il y en a de belles dans la région de Baotou. (Il repense au lac noir.) Ou plus loin.

Lu Pan s'est arrêté de jouer, a levé les yeux sur son père. Il s'est redressé et le regarde droit dans les yeux comme s'il n'en croyait pas ses oreilles.

— Mais… Je joue précisément parce que ce n'est pas la vraie vie ! Si je voulais marcher dans la nature au hasard et décider sur un coup de tête que je construis une maison, il me faudrait une autorisation, de l'argent, du matériel, ça prendrait du temps, il faudrait que je sois sûr de mon choix, que je ne change pas d'avis, ou que le monde autour ne change pas pendant les années suivantes. Dans le jeu, je peux simplement essayer et voir ce que ça donne. Il n'y a pas de conséquence.

dans le jeu de Lu Pan{

Lorsqu'il est ressorti de la grotte, il était blessé. Le squelette, et les autres monstres après lui, l'avaient attaqué, ce n'était pas un rêve, même si la noirceur le laissait suggérer. Il est rentré dans sa cabane de fortune, s'est nourri pour reprendre des forces. À l'abri, il a inventorié ce que la grotte lui avait offert, ce pour quoi il s'était battu : des minerais de fer, d'or et de lapis-lazuli, des échantillons de granite et d'obsidienne, des champignons, des os, du fil, du charbon encore. Il a fait de l'ordre dans sa cabane, construit des coffres pour ranger ses trouvailles.

Il a passé du temps à se remettre de l'aventure, mais ce n'était pas du temps inutile. Il a ramassé le blé qui avait poussé en son absence, constaté que la plante à papier avait aussi grandi. Il a planté d'autres semences qu'il avait récupérées pendant ses pérégrinations au sommet, ou, inexplicablement, dans les profondeurs de la grotte : carottes, betteraves, pommes de terre. Les champignons qu'il a cuisinés dans un bol en bois ne l'ont pas rendu malade. Les courges, en particulier, prenaient de superbes dimensions. Il a trouvé des œufs dans un champ, qu'avaient envahi poules, vaches et moutons en son absence. Il a construit un enclos pour chacune des espèces.

Il disposait désormais d'œufs et de lait à volonté, qu'il a agrémentés de cacao en découvrant des fèves lors d'une lointaine expédition où le paysage devenait tropical. Il a appris à tisser et à forger le fer, s'est confectionné un tapis, s'est construit une cuve qui fait office de baignoire.

Son monde s'est agrandi et régularisé, mais il ne peut s'empêcher de repartir. Qui sait, il trouvera peut-être d'autres éléments, ailleurs, d'autres plantes, d'autres minerais ? Et puis il a ce projet, de bâtir une maison exactement telle qu'il la souhaite, d'en choisir la forme et l'emplacement, la vue qu'il aura tous les jours sous le nez, de l'arrière de sa baie vitrée. Il marche de jour, campe de nuit dans des trous à rat creusés pour l'occasion où il déploie son matelas. Il découvre des vallées ravinées par des fleuves, de hauts plateaux inhospitaliers parsemés de petits lacs, des océans si vastes qu'il devient fou d'en imaginer l'autre rive.

Il trouve enfin son lieu, choisit les types de bois et la couleur des tapis, la position de la table basse et de la bibliothèque. Il est fier, son œuvre est achevée. Il se tient debout sur le toit, sur la terrasse qu'il a conçue face à l'océan et à de hautes montagnes. Il hésite un instant, arpente sa terrasse de gauche à droite, se penche sur le paysage alentour, regarde le soleil décliner. Il songe

qu'il pourrait automatiser tout ça. Trouver des minerais qui produiraient des impulsions électriques, ou alors jouer avec le mouvement de l'eau pour créer de l'énergie. Il pourrait construire des machines qui font tout ce qu'il a fait depuis qu'il est dans ce monde. Qui cherchent les choses à sa place, qui les récoltent à sa place, qui le relient rapidement à d'autres lieux. Il modifierait le monde pour qu'il fonctionne sans lui.
}

Remerciements

L'auteure remercie Alain Hugentobler, Youri Gargarine et Tancredi Bernasconi pour leurs innombrables apports techniques, ainsi que Bruno Pellegrino, Daniel Vuataz, Matthieu Ruf, Caroline Coutau et Dominique Schmitt pour leurs relectures éclairantes.

Enfin, un immense merci à Nicolas Seigne, pour l'illustration de couverture, et au collectif AJAR, parce qu'il existe.

12131

Composition
FACOMPO

Achevé d'imprimer en Italie
par BLACK PRINT
le 18 août 2019.

Dépôt légal : août 2019.
EAN 9782290162330
OTP L21EPLN002405N001

ÉDITIONS J'AI LU
87, quai Panhard-et-Levassor, 75013 Paris

Diffusion France et étranger : Flammarion